memórias do cárcere

GRACILIANO RAMOS

VOLUME 2

ubook ubk Publishing House

EDIÇÃO Cristina Barcia
REVISÃO Vinícius Nascimento
PROJETO GRÁFICO E CAPA UBK Publishing House
DIAGRAMAÇÃO Cristiano Marques

Dados Internacionais de Catalogação na Publicação (CIP)
(Câmara Brasileira do Livro, SP, Brasil)

Ramos, Graciliano, 1892-1953

Memórias do cárcere : pavilhão dos primários / Graciliano Ramos. – Rio de Janeiro : Ubook Editora, 2024. – (Memórias do cárcere ; v. 2)

ISBN 978-85-9556-959-1

1. Escritores brasileiros - Autobiografia 2. Memórias autobiográficas 3. Ramos, Graciliano, 1892-1953 I. Título. II. Série.

24-223400 | CDD-B869.8

Índices para catálogo sistemático:

1. Memórias autobiográficas : Literatura brasileira B869.8

Cibele Maria Dias - Bibliotecária - CRB-8/9427

Ubook Editora S.A

Av. das Américas, 500, Bloco 12, Sala 207,

Barra da Tijuca, Rio de Janeiro/RJ.

Cep.: 22.640-100

Tel.: (21) 3570-8150

Sumário

capítulo 1

SAÍMOS. Andamos por um pedaço do pátio, alcançamos o nosso destino, alto edifício de fachada nova. Entramos. Salas à esquerda e à direita do vestíbulo espaçoso. Uma grade ocupava toda a largura do prédio. No meio dela escancarou-se uma enorme porta. Introduzimo-nos por aí, desembocamos num vasto recinto para onde se abriam células, aparentemente desertas: era provável terem todos os inquilinos vindo receber-nos. Avançamos entre duas filas de homens que, de punhos erguidos, se puseram a cantar, na música do Hino Nacional:

Do norte, das florestas amazônicas, Ao sul, onde a coxilha a vista encanta, A terra brasileira, de luz dos trópicos...

Ri-me interiormente, pensando no que me havia dito o guarda pouco antes: "Vivem cantando e berrando como uns doidos." Fora da manifestação ruidosa, alguns indivíduos nos observavam, entre eles um moço pálido, ligeiramente curvo, e um gigante sério, trigueiro, de calça escura, sapatos lustrosos, camisa de seda, colarinho, gravata e suspensório. Esse esmero contrastava com a simplicidade excessiva dos vestuários em redor: quase todos ali vestiam pijamas ou apenas traziam cuecas; usavam tamancos. Eram trinta ou quarenta pessoas. Notei um rapaz franzino, quase nu, muito simpático; um vigoroso, de blusa russa, cachimbo, dentes maus; um negro reforçado e lento, de grande barriga. Um sujeito moreno, de cabeleira anelada, perguntou:

— Qual é deles?

Outro, peludo, baixo, indicou-me erguendo o braço. Findo o canto, dispersamo-nos e informações incompletas zumbiram nos grupos. Enquanto faxinas de roupa zebrada nos arranjavam cômodos, procurei o banheiro. Fui achá-lo ao fundo, à esquerda, junto à escada que levava ao andar superior. Não consegui abri-lo: pelos ferros da grade, vi com desânimo os chuveiros inúteis. Mais um dia de sujeira e comichões. Notei uma singularidade: a casa tinha dois pavimentos, mas entre eles não havia soalho; rente ao segundo com uma plataforma acanhada, passadiço com um metro de largura; lá em cima outros cárceres, perfeitamente visíveis, nos pareciam muito elevados. Cheguei-me a um atleta vestido em calção:

— Faz favor de me dizer onde posso arranjar um banho?

— Difícil — respondeu. — Só amanhã. A esta hora o banheiro não se abre.

Convidou-me a entrar no seu cubículo, apresentou-se, Renato do Rego Barros, e apresentou o companheiro, Adolfo Barbosa, de ar doentio, feio, amável em excesso, o rosto deformado por terrível prognatismo. Pus a valise no chão, sentei-me à beira de uma cama:

— Será realmente impossível achar água? Estou imundo. Faz uma semana que não me lavo.

Renato cortou a dificuldade. A um canto, disfarçando a latrina, havia um guarda-vento. Colocou-o diante da pia, agarrou um caneco:

– Dispa-se.

Nem me deu tempo de recusar. Minutos depois achava-me coberto de espuma a receber açoites líquidos em todo o corpo. Enxuguei-me com a toalhinha de rosto, encabulado por incomodar o solícito homem, que passava a borracha no chão molhado. Restava-me um pijama limpo. Vesti-o, sentei-me de novo, procurando ambientar-me. Dispunha-me a observar e escutar as duas pessoas quando o moço pálido e curvo, de relance percebido, entrou no quarto. Deram-lhe o nome de Sérgio, anunciaram a lição de matemática. Encolhido e jovem, o visitante devia ser o aluno. Enganei-me: era o professor. Acomodou-se em frente de Adolfo Barbosa, pôs-se a falar vagaroso e abundante, a voz áspera, baixa, pronúncia exótica cheia de fortes aspirações. Usando língua estranha, não se detinha: deturpava as palavras mas achava-as com singular facilidade. Aquilo não tinha jeito de lição: assistíamos a uma conferência inacessível a mim. Enquanto ela durou, Adolfo permaneceu mudo. Anulei-me, experimentando pouco mais ou menos o vexame dos analfabetos diante de papel escrito. Quem seria o monstro familiar à teoria da relatividade, aos horrores onde a minha escassa inteligência naufraga?

Despedi-me, carregando a bagagem crescida: a maleta, a calça e o paletó, os livros; busquei refúgio noutro cubículo, onde um sujeito de pijama vermelho se ocupava em devorar uma penca de bananas, respirei com alívio nessa companhia. João Romariz. Bem. Conversando com ele, sentia-me à vontade. Era um nacional de fala dormente, alheio às ideias abstratas. E decidi afastar-me cuidadoso de Sérgio, bruxo amigo de Einstein e do infinito: a presença dele seria um alfinete para minha ignorância. Firmava-me nesse propósito, divagava singelamente com Romariz, e ao cabo de minutos surgiu o perigo, inevitável. O matemático deslizou para nós como sombra, sentou-se junto a mim, envolveu-me na sua delicadeza fria. E entorpeceu-me a prevenção. Agora adotava linguagem natural e cristã, a aspereza gutural da prosódia ia-se pouco a pouco adoçando. Veio-me a ideia de pedir-lhe esclarecimentos a respeito dos habitantes daquela prisão. Desmanchei uma carteira de cigarros, tirei de um dos lados o cartão que tenho aqui sobre a mesa, tomei o lápis e escrevi alguns nomes: Romariz, Adolfo, Renato, Sérgio.

— Sérgio de quê? — perguntei. — Qual é o seu sobrenome?

— Isto é pseudônimo. Eu me chamo Rafael Kamprad.

— Alemão? Pelo jeito de falar, parece alemão.

— Russo, do Cáucaso.

Ainda criança, perdera a família na Guerra Civil, conseguira chegar à Alemanha, onde estranhara o silêncio, a falta dos tiros de canhão. Estudante de filosofia e matemática numa universidade, fugira perseguido pelo nazismo, fora terminar o curso na Estônia. Daí o expulsaram. Tinha parentes na China e no Brasil: uma avó no Rio de Janeiro, um tio em Cantão, rico em negócios de petróleo com os americanos.

Optara pelo Brasil. E vivia de ensinar quando rebentara a bagunça de 1935. Previdente, desviara de casa objetos nocivos, confiara a um aluno cartas de Trotski, mas com tanta infelicidade que num instante haviam caído os papéis nas mãos da polícia. No interrogatório quisera defender-se:

— Por essa correspondência, os senhores veem a minha posição. Nada tenho com o barulho daqui.

— Pois sim. Nós gostamos tanto de uma coisa como da outra.

E haviam-lhe deformado os pés na tortura. Rafael Kamprad, ou Sérgio, contava-me isso com um sorriso plácido. Não se alterava, não gesticulava; percebi nele uma natureza glacial. Na brancura doentia de nata, no olho azul cinzento, serenidade completa. Indiquei figuras que divisávamos dali; algumas já me haviam provocado a atenção. O sujeito de blusa russa e cachimbo era José Mediria, com certeza o mencionado na inscrição vista na parede, em cima da barra. O rapaz simpático e franzino, de cueca e tamancos, era Rodolfo Ghioldi.

— Italiano?

— Argentino. Secretário do Partido Comunista Argentino.

Sim senhor, achava-me entre indivíduos importantes, que me espicaçavam a curiosidade. Percebi um moço alto, magro, de cabeça pequena, vago feitio de pernalta, escrevi o nome dele: Benjamin Schneider. Sérgio corrigiu a grafia: *Snaider* . Achei esquisita a emenda:

— Não é alemão?

— É um judeu romeno.

Capitão Mata veio interromper-nos: escolhera para nós aposento no andar de cima. Agarrei os troços, despedi-me, saímos, percorremos a sala, galgamos os dois lances da escada negra de ferro, viramos à esquerda, ganhamos o passadiço, entramos no cubículo 35. Exatamente como os outros. o guarda-vento escondendo a latrina, a pia, duas camas junto à porta. Por uma alta janela gradeada, no muro ao fundo, vinha luz do exterior. Homem prático, o meu excelente companheiro reatava a convivência do Recife: tínhamo-nos dado bem lá, decerto continuaríamos assim. Examinou a peça e considerou-se bem alojado. Achou um pedaço de sabão, e o seu primeiro ato foi abrir a mala, encher a pia e mergulhar na água a roupa suja.

— O senhor vai lavar isto?

— E então? Eu sou da caserna. O senhor vai ver que fica muito bem lavado e engomado.

— Engomado? Não pode ser.

— Eu lhe mostro.

Nunca deixamos de tratar-nos cerimoniosamente. Sérgio, apesar da circunspecção, da algidez, quase se familiarizara comigo em vinte minutos de conversa, e Mata, alegre e buliçoso, ainda era a mesma criatura distante que declamava poesia num carro da Great Western. Dedicava-se à barrela quando entraram dois tipos: o baixo, piloso, e o trigueiro, de cabelos encaracolados, que pareceram interessar-se por mim, ao chegarmos. Logo resvalamos na intimidade. O primeiro se chamava Enzmann Cavalcante; o segundo, Newton Freitas.

– Em que é que vocês se ocupavam lá fora? – indaguei.

– Eu trabalhava com ele – respondeu Newton designando o outro.

– E ele?

– Ele trabalhava comigo.

– Sim. Mas que é que faziam?

– Ah! Não fazíamos nada.

E soltou uma gargalhada imensa. Ria sem descontinuar, o vivente mais alegre do mundo.

– Quem diria? – exclamou. – Que diferença! Eu pensava que você fosse novo e preto.

– Novo e preto? – inquiri. – Porque julgou isso?

– Sei lá! Era o que eu imaginava.

E a risada estalou.

– Onde foi que nos vimos? – perguntei a Cavalcante. – Não me lembro. Acho que me conhece.

– Já nos encontramos em Alagoas. Eu sou de Penedo.

– Ah! Sim.

E ficamos nisso. Ouvimos o som de numerosos tamancos no pavimento inferior, tropel na escada.

– A boia.

Descemos, tomamos lugar na fila organizada para o almoço. Junto à grade, mexendo em caixões e sacos, faxinas se atarefavam na distribuição da comida. Examinei-a de longe, considerei-a suportável. O apetite não me vinha, contudo achei-me capaz de engolir qualquer coisa. Afastadas as marmitas de folha e a horrível imundície do porão, o torpor do estômago iria desaparecer. Avizinhei-me, recebi um prato, uma laranja e uma banana, voltei ao cubículo. Ofereceram também aos recém-chegados canecos de alumínio. A falta de mesa me atrapalhava, servi-me com dificuldade, na cama. Não havia faca nem garfo, uma colher apenas. Mas o juízo de capitão Mata, que achava, como sempre, o alimento muito bom, animou-me. Consegui tragar uns bocados. Arroz insípido, carne misturada com peixe. Deixamos a louça na soleira. Na ausência de móveis, arrumei sobre o guarda-vento os livros, a valise, a roupa dobrada. E estendi-me para repousar. Deitava-me afinal como gente, na aparência. O colchão era tão delgado que não me deixava em sossego, um varão do lastro magoava-me o espinhaço. Virei-me para um lado e para outro, avancei, recuei, e sempre a infeliz haste de metal a chocar-me os ossos. Alojei-a por fim entre as últimas costelas e o ilíaco, adormeci ouvindo a esfrega nas camisas do capitão e o esguicho da torneira.

capítulo 2

DESPERTARAM-ME pancadas de tamancos. Ergui-me, fui ao passadiço, vi aglomeração lá embaixo, desci, agreguei-me ao semicírculo que se formava junto à escada. Rodolfo Ghioldi subiu alguns degraus. Tinha de pano em cima do corpo uma cueca e um lenço. Começou a falar em espanhol, de quando em quando lançando os olhos a um cartão de cinco centímetros, onde fizera o esquema da palestra. Referiu-se à política sul-americana, e logo no princípio tomei-me de verdadeiro espanto: nunca ouvira ninguém expressar-se com tanta facilidade. Enérgico e sereno, dominava perfeitamente o assunto, as palavras fluíam sem descontinuar, singelas e precisas. Admiravam-me a rapidez do pensamento e a elegância da frase. Curvado sobre o papel, a suar na composição, emendando, ampliando, eliminando, não me seria possível construir aquilo.

— Excelente orador — segredei ao vizinho.

Esquisito um homem quase nu causar tal impressão. Afizera-se à tribuna, achava-se à vontade, a governar os nervos dóceis, consultando o papel da sinopse, dobrando-o para ocultar as linhas percorridas, movendo o lenço como se tirasse recursos dele. O gesto de prestidigitador firme no seu ofício. Conservou-nos atentos meia hora, o prazo marcado para a conferência. Tê-la-ia, como depois notei, desenvolvido em sessenta minutos ou resumido em quinze, expondo a matéria toda, sem esquecer um ponto. Capaz de, com destreza, analisar ou sintetizar.

Algumas pessoas se afastavam de nós: Sérgio, Adolfo Barbosa, o gigante sério e trigueiro, de colarinho e gravata no desmazelo geral. Quem era esse tipo que se desviava dos outros, dava mostra de esperar sair logo? Informei-me quando terminou o discurso. Valdemar Birinyi, húngaro, dizia-se ex-oficial de Bela Kun. Tinha propriedades na Inglaterra e na Argentina. Viajava da Europa a Buenos Aires, em companhia de uma bonita mulher, e tivera a infeliz ideia de saltar no Rio de Janeiro. Aqui se hospedara em hotel de luxo, comprara um automóvel e resolvera prosseguir a viagem por terra. Preso no Rio Grande do Sul, fora recambiado à pressa, em avião, e no interrogatório da polícia, mal se explicando numa gíria internacional, deixara sem clareza as razões secretas que o haviam trazido ao Brasil. De nada lhe serviram o passaporte e fotografias de imóveis no Prata. Oito malas e vinte e cinco mil francos suíços tinham desaparecido. O que mais o agoniava era o extravio de uma coleção de selos, a terceira do mundo; orgulhava-se disto. Em momento de desespero tentara cortar os pulsos com uma gilete, ainda conservava pedaços de esparadrapo colados à pele. Enfurecera-o talvez o sumiço daquela preciosidade, ou o isolamento em que vivia. Exprimia-se a custo, embaralhando línguas; entendia-se em alemão com Sérgio, fazia dele intérprete. Chegando ao Pavilhão dos Primários, fora recebido com o Hino do Brasileiro Pobre:

Do norte, das florestas amazônicas, ao sul, onde a coxilha a vista encanta...

E resmungara chateado:

– Fui oficial de Bela Kun. Iam fazer aqui revolução com estas bestas?

Caíra, pois, em desagrado, embora possivelmente não tivesse querido ofender ninguém: mastigava um português horrível, nunca dizia o que desejava. Pascoal Leme, um professor moço, de fisionomia aberta, contou-me pedaços desse desastre; colhi diversas minúcias aqui e ali, passeando no vasto recinto, chamado Praça Vermelha. Na cadeia sobra-nos tempo, acumulamos as notícias mais insignificantes; às vezes as imaginações trabalham fora da realidade, surgem construções absurdas, e nem sabemos quando nos relacionam fatos verdadeiros ou quando sonham. Visitei Adolfo Barbosa e Renato, busquei aproximar-me de alguns outros. Os meus novos amigos chegados pela manhã rapidamente se ambientavam; a cadência lenta dos nordestinos casava-se a ríspidas vozes estrangeiras. Havia ali pequeno-burgueses e operários, homens cultos e gente simples. De um lado, Rodolfo Ghioldi e Sérgio, engenheiros, médicos, bacharéis; do outro lado Bagé, companheiro de Medina, e o negro forte, barrigudo, visto ao chegarmos, o estivador Santana. Na célula de Romariz conheci um tipo curioso, Agrícola Baptista. Furara um lençol cor de sangue e andava metido nesse poncho medonho, que nos feria a vista. Servira na Coluna Prestes, recebera uma bala na perna e por isso claudicava. Davam-lhe a alcunha de Tamanduá, realmente bem aplicada: tinha os olhos pequenos, barba espessa, o rosto se alongava, inquieto, num sorriso frio e doloroso. Outra figura me chamou a atenção, Amadeu Amaral Júnior, arcabouço de torre, olhos profundamente azuis, cabeleira anelada cobrindo-lhe as orelhas, prometendo chegar aos ombros. Vestia uma cueca preta e calçava enormes tamancos ruidosos que pezunhavam como cascos. Jornalista, desenfastiava-se na prisão redigindo novelas. Exibiu-me um conto bem chocho, amostra das suas possibilidades literárias. Devolvi-o constrangido, esforçando-me em vão por indicar nele ideia ou forma razoável, mas o autor eximiu-me da cortesia falsa: indiferente a elogios, asseverava, na palavra e no gesto, o grande valor do seu trabalho. Isso me afligia, embaraçava; o desejo de ser amável findou; descobria uma vaidade espessa e vinha-me a tentação, enérgica e irrealizável, de grosseiramente afirmar que a história não prestava. Necessário afastar-me, livrar-me da situação penosa. Amadeu Amaral Júnior deve ter-me adivinhado recantos do interior: excedeu-se no juízo fátuo, com estridência e aspereza. Vexava-me sobretudo achar-me livre de simpatia, inclinando talvez a ser injusto, não poder de nenhuma forma solidarizar-me com o rapaz, negar fugitivos indícios de beleza acaso existentes na sua literatura. Ao deixá-lo, perguntava a mim mesmo se o havia magoado ou se ele me ofendera. Com certeza eram exatas as duas suposições.

Percebi entre os meus companheiros uma esquisita amabilidade — antes de pedir, ofereciam. Alguém me veio perguntar se necessitava qualquer coisa, dinheiro, cigarros. Nada me faltava, agradeci. A resposta era infalível: os meus escrúpulos me levariam a recusar assistência, ainda que me achasse em penúria. Bem. Tratava-se então de saber se me era possível contribuir para o Coletivo. Sem dúvida, mas que vinha a ser aquilo? Um organismo a funcionar, com excelentes resultados, em prisão política. A oferta e o pedido me revelavam de pronto um dos seus fins: estabelecer o equilíbrio. A testa dele, uma comissão de cinco membros, eleitos por alguns meses, zelava a ordem, a higiene, entendia-se com o mundo lá de fora utilizando as visitas, levava à administração do estabelecimento exigências e protestos. Como o diretor não aparecia, a autoridade próxima era o Coletivo. Fundara cursos de línguas e ambicionava instituir uma Universidade Popular. Benjamin Snaider ensinava russo.

– Contribuição mensal?

– Não, semanal.

Com minguados recursos, impossível dar mais de dez mil réis. Larguei-os. Dentro em pouco, certamente, nem disso iria dispor. Estremeci ouvindo perto um canto de galo. Quem teria metido ali o animal? Procurei-o, guiando-me por outros cocorocós muito agudos e trêmulos. Percebi o engano. Lá em cima, um sujeito de bugalhos imóveis e expressão lorpa estirava o pescoço e esgoelava-se daquele modo.

– Idiota! – bradaram furiosamente na vizinhança.

O tipo, insensível à ofensa, continuou a descomedir-se exibindo o seu talento galináceo. Era português e anarquista, disseram-me; desde a chegada vinha-se entregando ao exercício irritante: quando menos se esperava, erguia-se nas pontas dos pés, lançava o duro grito rolado. Fora isso, declamava com insistência um período que principiava assim: "Por causa de uma aventura galante..."

A tardinha surgiram novamente os caixões e organizou-se a fila para o jantar. Devolvidos os pratos, percebi um tilintar de chaves; fui ao passadiço, vi no pavimento inferior um guarda trancando portas; iam-se pouco a pouco dissolvendo os grupos. Os tinidos aproximaram-se, recolhi-me, um instante depois achava-me enclausurado, um livro nas garras, tentando ler à luz escassa da lâmpada. Capitão Mata se acomodava, divagando por assuntos vários. No cubículo à direita haviam-se alojado Macedo e Lauro Lago; à esquerda estavam Benjamin Snaider e Valdemar Bessa, médico, cearense, bicudo. Julguei distinguir a voz de Renato:

– Alô! Alô! Fala a Rádio Libertadora.

Não era apenas um divertimento arranjado com o fim de matar tempo e elevar o ânimo dos presos: vieram notícias de jornais, comentários, acerbas críticas ao governo, trechos de livros, o Hino do Brasileiro Pobre, algumas canções bastante patrióticas, sambas.

– A Beatriz não vai querer cantar? – disse alguém.

Ir querer, fala estranha, feriu-me o ouvido nordestino. Palmas, aclamações, gritos exigindo o canto de Beatriz Bandeira. Um sussurro doce flutuou longe:

"As granadas vêm caindo, Incendiando o meu quartel..."

Diabo! Havia mulheres ali. Onde se escondiam elas? Finda a queda suave das granadas, morto o agradável incêndio no quartel, vibraram aplausos vários minutos. As vozes se espaçaram, arrefeceu o entusiasmo, afinal a Rádio Libertadora encerrou o seu programa daquele dia.

Agora tínhamos água abundante, recuperávamos as necessidades corriqueiras de limpeza. A roupa de capitão Mata secava, estendida no guarda-vento nos pés e na cabeceira da cama. Sem achar repouso no colchão delgado, estive muitas horas a cochilar um sono cheio de perturbações. A trave de ferro deslocava-se, magoava-me a ilharga, de quando em quando era preciso fixá-la entre as costelas e o osso do quadril; bichos miúdos picavam-me; os passos regulares do guarda soavam na plataforma; um surdo rumor de máquina zumbia monótono. Pelo meio da noite, distingui um chamado próximo, insistente. Ergui-me, cheguei à porta, vi em frente um rapaz que tentava comunicar-se com as outras células num aviso misterioso:

– A metralhadora está comendo, macacada.

Surpreendi-me e interroguei-o com a cabeça.

– Revolução – tornou. – Não está ouvindo a metralhadora?

Voltei à cama, atônito. Era o ruído enfadonho que o tinha levado a semelhante conclusão. O trabalho de um cata-vento, devia ser isto. E o homem se desvairava, facilmente mudava em realidade o seu desejo, resolvia-se a acordar as pessoas para transmitir-lhes a convicção e a demência.

capítulo 3

LEVANTEI-ME cedo. E acabava de lavar-me e escovar-me na pia quando ouvi rumor no passadiço e o alimento da manhã chegou à porta. O longo bico de um bule enorme passou entre os ferros da grade. Fomos buscar os canecos de alumínio recebidos na véspera, um homem de roupa zebrada encheu-os, a cada um de nós ofereceu um pão, afastou-se. Sentado na cama – que servia de mesa, de cadeira, e substituía outros móveis –, mastiguei, pedaços de crosta dura, sentindo a manteiga rançosa, bebi o café adocicado, enjoativo. Movimento na Praça Vermelha anunciou que estavam abrindo os cubículos. Pisadas, tinir de chaves, a nossa porta se escancarou. Peguei o sabão e a toalhinha, fiquei ainda um instante a negociar com o faxina, comprando-lhe um par de tamancos. Livrei-me dos sapatos, acomodei os pés na madeira tosca, saí devagar e cauteloso. O peitoril que cercava a plataforma estreita não nos defendia. Ausência de balaústres. Um escorrego infeliz no mosaico nos faria passar por baixo da trave e nos lançaria ao rés-do-chão. Desci.

No patamar, em voz baixa, capitão Mata conferenciava com um guarda, recebia notícias do oficial a quem se dirigira ao chegar. Hábil criatura: sem perder tempo, alcançava ligação proveitosa; certamente o largariam depressa. Pude enfim lavar-me direito, receber no corpo o jato forte de chuveiro. Em seguida visitei cubículos, reforçando alguns conhecimentos esboçados. Benjamin Snaider conseguira subir a uma das janelas altas que abriam para o exterior e, seguro às grades, mantinha uma discussão política, dando a alguém invisível o nome de Valentina. Percebi a voz da mulher, mas não lhe distingui as palavras. O diálogo, reduzido à metade, interrompeu-se — anunciaram perto o banho de sol e Benjamin Snaider despencou-se lá de cima, num salto perigoso.

Ganhamos a Praça Vermelha. A um canto muitos indivíduos se comprimiam, alguns inteiramente nus, enxugando-se, vestindo-se à pressa. Findos esses arranjos, subimos batendo os cascos nos degraus de ferro, em seguida encaracolamos por uma escadinha espiral, desembocamos lá em cima num grande terraço. Deixando a sombra, recebemos de chofre uma inundação de luz. Montes, arranha-céus, a agitação rumorosa da Central, trechos do Mangue, o enorme gasômetro da Light, a massa dura da Favela, muros altos a rodear-nos, a Casa de Correção, vizinha. Estávamos ali umas sessenta pessoas, várias conhecidas do porão do Manaus: depois de nós, outros haviam chegado, em pequenos grupos bisonhos, e os faxinas andavam numa azáfama, transportando camas e colchões, arrumando células. Afeito à solidão no quartel, à promiscuidade animal na viagem, habituara-me com surpresa à vida nova.

Homem rural, desconfiado e silencioso, propenso a estender-me em compridos monólogos, admirava-me do Coletivo, das lições, especialmente da perícia daqueles citadinos na exposição de ideias em conversas simples e claras. Não conseguiria manifestar-me assim. De ordinário a expressão me fugia, decompunha-se o pensamento, e era uma tortura vencer a estupidez, procurar dizer qualquer coisa gaguejando um vocabulário escasso, miserável. Na manhã luminosa, olhando postes e fios, prédios cinzentos, arvoredo e morro, ainda uma vez me aniquilei no pasmo que a palavra falada sempre me causa.

Rodolfo Ghioldi fez uma conferência. Meio despido, como no dia anterior, discorreu exuberante, a manejar o lenço, ora consultando o papelzinho do esquema, ora deitando os olhos ao relógio de pulso. Desenvolveu com precisão a matéria, ajustou-a seguro ao tempo, sem se alargar, sem se restringir em nenhuma das partes. Não raro metia no assunto graves minúcias picarescas, até palavrões – evitava o cansaço do auditório. Operários atentos esforçavam-se por entendê-lo, pedindo às vezes a significação de um termo.

– Que quer dizer *terrateniente*?

Em geral, discursos de quinze minutos me dão sono e bocejos. Tenho uma espécie de indiferença auditiva, só compreendo bem o que vejo escrito. Ali, porém, estive uma hora a escutar o argentino, remoendo a excelente lição. Em seguida, Mediria rezingou um protesto descabido: referiu-se à dureza do regímen carcerário e julgou conveniente fazermos a greve da fome. Houve sussurro e o desagrado estampou-se nos rostos.

– Provocação – murmurou Renato.

– Acha? – perguntei.

– Sem dúvida. Que é que vamos reclamar? Estamos bem E aqui há diversos estrangeiros. Se concordarmos nisso, eles serão mandados para lugar pior.

Muitos opinavam certamente assim; contudo nenhuma objeção pública se articulou. Na surpresa, ficamos a olhar-nos uns aos outros, esperando que alguém se manifestasse:

receávamos talvez ser considerados conformistas ou débeis. Quem se expressou foi Bagé, mascando uma intervenção de apoio difícil à proposta de Mediria. Sem debate, levou-se o caso imediatamente a votação e a maioria levantou o braço concordando, numa anuência desanimada e chocha. Os nordestinos, confusos, não alcançavam direito o motivo da exigência, vinham do porão infame, da galeria molhada, nenhum supusera dormir em lençol, comer em prato, e quase todos se deixavam arrastar, carneiros dóceis, temendo ferir o desejo comum. Provavelmente se justificavam alegando no íntimo que uma simples discordância não influiria na decisão. E evitavam comprometer-se. Aquilo foi rápido; se alguém quis opor-se, não teve tempo de revelar-se.

– Bem – disse Rodolfo Ghioldi.

Aceitava a resolução, naturalmente, faria a greve como os outros: nenhuma vantagem, porém, ela nos traria. Esses movimentos nada significavam se não repercutiam lá fora, e nós estávamos isolados. Nenhum meio de chegar à massa e fazê-la interessar-se por nós, e assim buscávamos somente iludir-nos. A observação de Rodolfo causou-me vivo mal-estar. Resolvera-se, para não mostrar covardia, praticar uma tolice. Pensei na afirmação de Renato, vaga desconfiança mordeu-me. Assistiríamos apenas a uma fanfarronada inconsequente ou haveria ali inimigos disfarçados? A suspeita iria prolongar-se, confirmar-se às vezes, outras vezes fazer-nos aceitar sem exame duras injustiças. Enleava-me, perplexo, quando Bagé voltou a gaguejar, a explicar-se entre avanços e recuos, mastigando o risinho mole e insignificante: a princípio a ideia lhe parecera boa, mas agora compreendia o erro e atacava-a. Ninguém a defendeu, outra decisão rejeitou-a por unanimidade. Essa reviravolta alarmou-me, de repente considerei o sufrágio coisa débil: afirmativas enérgicas, lançadas por duas ou três pessoas, bastavam para fingir um julgamento coletivo.

Regressamos. Na descida apresentaram-me um rapaz gordo. Campos da Paz Júnior.

– Médico, especialista em blenorragia. Se precisa dos meus serviços, estou às ordens.

– Obrigado.

Recolhi-me, entretive-me admirando a pachorra de capitão Mata no ofício de engomador. A roupa estava seca, exposta no guarda-vento, e o homenzinho recolhia as peças, dobrava-as cuidadoso. Arrumava-as no colchão, desfazendo com perícia todas as pregas. Quando as julgou bastante lisas, pôs a mala em cima delas.

– Acha que isso dá certo? – inquiri.

– O senhor vai ver.

Chamaram-me da porta: uma das mulheres recolhidas à sala 4 desejava falar comigo. Estranhei. Quem seria? E onde ficava a sala 4? Um sujeito conduziu-me ao fim da plataforma, subiu o corrimão e daí, com agilidade forte, galgou uma janela. Esteve alguns minutos conversando, gesticulando, pulou no chão e convidou-me a substituí-lo. Quê? Trepar-me àquelas alturas, com tamancos? Examinei a distância, receoso, descalcei-me, resolvi tentar a difícil acrobacia. A desconhecida amiga exigia de mim um sacrifício; a perna, estragada na operação, movia-se lenta e pena; se me desequilibrasse, iria esborrachar-me no pavimento inferior. Não houve desastre. Numa passada larga, atingi o vão da janela; agarrei-me aos varões de ferro, olhei o exterior, zonzo, sem perceber direito porque me achava ali. Uma voz chegou-me, fraca, mas no primeiro instante não atinei com a pessoa que falava. Enxerguei o pátio, o vestíbulo, a escada já vista no dia anterior. No patamar, abaixo de meu observatório, uma cortina de lona ocultava a Praça Vermelha. Junto, à direita, além de uma grade larga, distingui afinal uma senhora pálida e magra, de olhos fixos, arregalados. O rosto moço revelava fadiga, aos cabelos negros misturavam-se alguns fios grisalhos. Referiu-se a Maceió, apresentou-se:

– Nise da Silveira.

Noutro lugar o encontro me daria prazer. O que senti foi surpresa, lamentei ver a minha conterrânea fora do mundo, longe da profissão, do hospital, dos seus queridos loucos. Sabia-a culta e boa; Rachel de Queirós me afirmara a grandeza moral daquela pessoinha tímida, sempre a esquivar-se, a reduzir-se, como a escusar-se de tomar espaço. Nunca me havia aparecido criatura mais simpática. O marido, também médico, era o meu velho conhecido Mário Magalhães. Pedi notícias dele: estava em liberdade. E calei-me, num vivo constrangimento.

De pijama, sem sapatos, seguro à verga preta, achei-me ridículo e vazio; certamente causava impressão muito infeliz. Nise, acanhada, tinha um sorriso doce, fitava-me os bugalhos enormes, e isto me agravava a perturbação, magnetizava-me. Balbuciou imprecisões, guardou silêncio, provavelmente se arrependeu de me haver convidado para deixar-me assim confuso. Uma rapariga loura surgiu perto dela e se ausentou logo. Tentei avaliar o tamanho da sala 4, observar o espaço restrito visível obliquamente. Vigorosa conversa política ali se desenvolvia, a pouca distância, dominada por um vozeirão de instrutor. Quem seria aquela mulher de fala dura e enérgica? Um rapaz subiu à janela, arrumou-se junto de mim, chamou Haydée Nicolussi, e a lourinha tornou a aparecer. Travaram conversa loquaz; forçado a comparação desagradável, confessei-me obtuso e chinfrim. Vi no passadiço alguns tipos a aguardar vaga no miradouro improvisado; com certeza adoçavam ali as horas a parolar com as vizinhas.

Despedi-me de Nise e desci, uma pergunta a verrumar-me, insistente, os miolos: quem seria a criatura feminina de pulmões tão rijos e garganta macha? Nenhum interesse me animava a descobrir isso; refugiei-me na questão para fugir à lembrança de me haver conservado inerte e frio diante da psiquiatra. Foi Valdemar Bessa quem me satisfez a curiosidade: a mulher de voz forte era Eneida. E apertava-se uma dúzia delas na sala 4. Olga Prestes, Elisa Berger, Cármen Ghioldi, Maria Werneck, Rosa Meireles, outras.

O dia correu sem novidade apreciável. Capitão Mata desfez a prensa arranjada sobre a cama e exibiu-me a roupa sem dobras, serviço decente que lhe proporcionava economia de dez tostões. Não me ocorreu imitá-lo, as minhas mãos ineptas falhariam naquele trabalho. Recorri ao faxina para a lavagem dos panos imundos empacotados na valise, fui matar o tempo a andar no rés-do-chão. Com um estremecimento de repugnância, vi Sérgio embrenhado na leitura do meu primeiro romance.

— Pelo amor de Deus, não leia isso. É uma porcaria. Ingênuo — tentei explicar-me, em grande embaraço.

A publicação daquilo fora consequência de uma leviandade. Escrita dez anos antes, a miserável história passara às mãos do editor Schmidt e emperrara. Já revistas as provas, tinham surgido obstáculos, demora, cartas, desavenças e a entrega dos originais a amigos meus do Rio. Em 1935, Jorge Amado me visitara em Alagoas, dissera que Schmidt queria editar o livro; mas não me convinha o negócio: julgava-me então capaz de fazer obra menos ruim, meses atrás concluíra uma novela talvez aceitável. Jorge se conformara com a recusa. Deixando-me, apossara-se dos malditos papéis e dera-os ao livreiro. Essa justificação nada valia — e era impossível oferecê-la a todos os leitores. Sérgio teve o bom-senso de não me atribuir falsa modéstia. Com um sorriso frio, voltou à leitura; ia chegando ao fim do volume e acolhia tacitamente a minha opinião desalentada. O Coletivo organizara uma pequena biblioteca desordenada, brochuras circulavam nos cubículos, entre elas a narrativa medonha que eu não gostava de mencionar.

Almocei, jantei. Sem fome, pude ingerir a desagradável boia da prisão: o fastio desaparecera. A noite, fechadas as células, capitão Mata alcançou ruidoso triunfo. A Rádio Libertadora anunciou o programa, iniciado com o Hino do Brasileiro Pobre, que já se ia tornando maçador. As florestas amazônicas, a coxilha, o sul, o norte, a luz dos trópicos começavam a bulir-me com os nervos. Findaram as notícias, os comentários, e a hora de arte chegou, como na véspera. Ouvimos os sambas, as canções, as granadas caíram novamente, incendiaram com vigor o quartel, impelidas pela voz poderosa de Eneida. Capitão Mata, num lampejo, muniu-se de lápis e papel, rabiscou algumas linhas sobre a mala, avizinhou-se da grade e lançou, com ligeiras modificações, o princípio do canto guerreiro, diversas vezes murmurado no quartel do Recife:

Onde vais tu, infante ousado, Com teu fuzil a pelejar?

Era assim em Pernambuco. Agora, por causa da Aliança Nacional Libertadora, a belicosidade resultava nisto:

Onde vais tu, libertador, Com teu fuzil a pelejar?
Vou para...

Esqueci o resto, já não sei aonde se dirigia o sujeito armado, mas os desígnios funestos dele excitaram vivamente os cubículos. Palmas, gritos:

– Continua.

Ouvindo a exigência da massa, o poeta resolveu terminar a composição, redigindo com extrema velocidade.

– Continua – berrava o auditório.

– Um minuto – pedia o moço interrompendo-se, chegando à porta. – Está em preparação.

Concluído o trabalho, passou-me a folha:

– Veja se está bom.

Apontei um dos versos:

A burguesia, a burguesia...

– Esse ataque não fica direito. Os burgueses progressistas são nossos amigos.

– O imperialismo então?

– Exatamente – concordei rindo. – O imperialismo serve. E não ofende a métrica.

– Não, dá oito sílabas.

Trauteou:

O imperialismo, o imperialismo...

Voltou-se para a invisível plateia, jogou a produção e recebeu uma chuva de aplausos. Em seguida fomos dormir. A vara de ferro tocou-me de novo os ossos, acomodou-se entre as costelas e o quadril. E outra vez bichos miúdos vieram picar-me. Ergui-me, olhei os panos, descobri uma quantidade razoável de percevejos.

capítulo 4

CAPITÃO Mata alcançou parabéns ardentes, e várias pessoas vieram pedir-lhe cópia da cantiga. Andou em voga uma semana, depois foi abafado pela numerosa produção de sambas e não tornou a evidenciar os seus talentos. Correspondia-se com o oficial visto à nossa chegada, certamente achou amparo nessa camaradagem, pois, findas algumas lavagens de cuecas e matanças de percevejos, fomos privados da sua amável companhia discreta. Julgo que teve uma cidadezinha do sul por menagem. Senti a ausência do capitão, lembrava-me dele vendo o caneco de alumínio deixado em cima do guarda-vento. Essa vasilha me foi útil. Os doentes recebiam pela manhã, à hora do café, uma garrafinha de leite. Fui incluído entre eles: sem exame, perceberam-me a ruína interior: com certeza a viagem no porão me havia deixado marcas visíveis em demasia. O caneco me serviu para transformar o leite em coalhada.

Novos magotes chegavam, em pouco tempo havia três, quatro camas em cada célula. Dias antes de sair o capitão,

Sérgio me procurou, envolveu-me na sua polidez glacial. Queria saber se me convinha que ele viesse habitar o cubículo 35, mas a consulta simples tinha quase a feição de uma cerimônia diplomática. Na verdade o assunto exigia cautela: a prisão modificava as índoles, em certos indivíduos apareciam fundas alterações, gênios incompatíveis se chocavam sem motivo aparente Indispensável selecionar os companheiros com atenção.

— Acho que nos daremos bem — opinou o rapaz.

— Sem dúvida.

Essa anuência divergia do meu pensamento: inclinava-me a supor que não nos entenderíamos. A delicadeza fria do russo dificilmente se harmonizaria com os meus hábitos vulgares de sertanejo; a minha ignorância compacta iria experimentar dura humilhação junto ao saber forte daquele homem doutorado em Leipzig, íntimo de Einstein e de Hegel. Enganei-me. As diferenças evidentes não nos afastaram. Vivemos alguns meses em concordância perfeita, nunca um palavrão esotérico, dos ouvidos no encontro inicial, nos separou. Sérgio notou-me rápido a insuficiência e acomodou-se a ela. Nenhuma ideia transcendental: conversas fáceis, corriqueiras, acessíveis ao nordestino iletrado. Sempre nos conservamos na superfície — e por isso admirei e estimei aquele espírito sagaz. Reduzia-se, confessava-se leigo em história e literatura, embrenhava-se em longas dissertações sobre arte grega e arte egípcia. Desprezando a Europa, detinha-se em louvores minuciosos à sabedoria asiática. Não se julgava europeu. Nascido no Cáucaso, mestiço de eslavo e tártaro, só achava firmeza e vida no Oriente. Quando me falou pela primeira vez nos *canados*. Não o entendi: a pronúncia gutural deformava inteiramente a palavra. Atentando na alvura transparente de louça, no azul cinzento dos olhos, nos cabelos fulvos, divertia-me a pôr em dúvida a origem dele:

– Você, com esse tipo, seria recusado nas hostes de Tamerlão. É branco demais para tártaro.

Outras vezes atacava-lhe a dureza da língua:

– Vamos deixar de *egzagero*, não existe *egzagero*, o que há é exagero, e-za-ge-ro.

Sérgio franzia um sorriso, endireitava a prosódia lentamente, para resvalar depois noutro desconchavo. Fora isso, aprendia o português com facilidade incrível. Desdenhando gramáticas e dicionários, entrava na sintaxe e enriquecia o vocabulário por meio de leituras e consultas. O que entrava ali ficava, não repetia perguntas. Fez uma síntese da filosofia de Hegel, num caderno, a lápis, o começo em alemão, o fim em português. Leu-me esse trabalho, emperrando às vezes, buscando a expressão, convencendo-se de que o pensamento era intraduzível e usando circunlóquios. Esforçava-se por trasladar-me versos de Puchkine, desistia:

– É inútil. Só podemos sentir e compreender esta balada em russo.

Não simulava nenhuma espécie de consideração às nossas letras, pouco mais ou menos inexistentes. Falava-me com franqueza e isto não me susceptibilizava, é claro: o meu novo amigo vinha de grandes culturas, não iria fingir apreço às miudezas nacionais. Um dia, como ele desacatasse rijo os sonetos, nada mais enxergando na poesia brasileira, interrompi-o:

– Vou recitar-lhe um soneto, Sérgio.

E atirei-lhe *O Sorriso* de Manuel Bandeira. Sérgio ouviu-me atento, murmurou com espanto:

– Oh! Vocês aqui têm disso?

E, noutro tom:

– Ainda não conheço o Brasil. Leviandade manifestar-me sobre ele.

A percepção, a compreensão e a memória do rapaz me assombravam. Uma vez encontrei-o agarrado ao meu segundo romance. Virou a folha, avizinhei-me, entrei a rever pedaços da minha terra. Ia chegando ao fim da página esquerda, e o moço voltou a folha de novo.

– Não é possível que você tenha lido essas duas páginas – afirmei.

– Porquê?

– O autor dessas drogas sou eu, e apenas li uma. É absurdo que você, estrangeiro, chegado há pouco, mal conhecendo a nossa fala e as nossas coisas, tenha conseguido pegar as duas.

Sérgio entregou-me, sorrindo, a brochura:

– Vamos ver se me lembro. Não digo as palavras, mas acho que posso mencionar as ideias, como estão colocadas.

E reproduziu as duas páginas, com ligeiras alterações.

– Incrível – exclamei atordoado, largando o volume. – Sou na verdade uma criatura bem estúpida. Ou então você é um monstro.

Sem despregar dos beiços pálidos o sorriso débil, Sérgio me condenava frouxamente os *egzageos*. O meu espanto crescia, a delicadeza glacial do russo me exaltava:

– Sem dúvida, somos bichos de espécies diferentes. Faço um livro, gasto meses a espremer os miolos, compondo, eliminando, consertando, fico a remoer cada frase com paciência de boi, e consumo para entender isso o duplo do tempo necessário a você. É inacreditável.

Afirmava-me não ser difícil percorrermos um texto, apreendendo a essência e largando o pormenor. Isso me desagradava. São as minúcias que me prendem, fixo-me nelas, utilizo insignificâncias na demorada construção das minhas histórias. Aquele entendimento rápido, afeito a saltos vertiginosos e complicadas viagens, contrastava com as minhas pequeninas habilidades que pezunhavam longas horas na redação de um período. Julguei Sérgio isento de emoção, e isto me aterrou. Comovo-me em excesso, por natureza, e por ofício, acho medonho alguém viver sem paixões. Imaginei-me diante de um cérebro, cérebro enorme. O resto do corpo minguava, tinha fracas exigências, funcionava para levar um pouco de sangue à poderosa máquina. A voz calma narrava-me cenas de arrepiar – e não se elevava, escorria dos beiços finos, banhava o sorriso permanente como um fio de água gelada. Ao deixar a sala de tortura, Sérgio mexia-se a custo: andava nas pontas dos pés feridos, arrastando os sapatos, os calcanhares fora dos tacões: a rigidez do couro magoava-lhe a carne viva, sangrenta. Num corredor enxergava de longe a cabeça da mulher. E enviara-lhe um aceno, tentara apagar no rosto qualquer vestígio de padecimento. Ouvindo isso, falei no ódio que ele devia experimentar. Olhou-me atônito:

– Ódio? A quem?

– Aos indivíduos que o supliciaram, já se vê.

– Mas são instrumentos – sussurrou a criatura singular.

– Aos que os dirigem. Aos responsáveis por isso.

– Não há responsáveis, todos são instrumentos.

Na verdade ele tinha razão. Contudo, se me houvessem atormentado, não me livraria da cólera, pediria todas as desgraças para os meus carrascos.

– Se lhe aparecesse meio de vingar-se, não se vingaria?

– Que lembrança!

Guardei silêncio um instante, depois tornei:

– Sou um bárbaro, Sérgio, vim das brenhas. Você é civilizado, civilizado até demais. Diga-me cá. Admitamos que o fascismo fosse pelos ares, rebentasse aí uma revolução dos diabos e nos convidassem para julgar sujeitos que nos tivessem flagelado ou mandado flagelar. Você estaria nesse júri? Teria serenidade para decidir?

– Porque não? Que tem a justiça com os meus casos particulares?

– Eu me daria por suspeito. Não esqueceria os açoites e a deformação dos pés. Se de nenhum modo pudesse esquivar-me, nem estudaria o processo: votaria talvez pela absolvição, com receio de não ser imparcial.

O russo não agasalhava tais escrúpulos: absolveria ou condenaria, insensível, examinando os autos.

– Se você acaso chegasse ao poder, conservaria os seus inimigos nos cargos, Sérgio?

– Não tenho inimigos. Conservaria os que se revelassem úteis.

– Bem. Essa impassibilidade me assusta. Apesar de sermos antípodas, fizemos boa camaradagem. Mas suponho que você não hesitaria em mandar-me para a forca se considerasse isto indispensável.

– *Efectivamente* – respondeu Sérgio carregando com força no c. – Boa noite. Vou dormir.

Estendeu-se na cama agreste, enfileirada com a minha junto ao muro, cruzou as mãos no peito. Ao cabo de um minuto ressonava leve, a boca descerrada a exibir os longos dentes irregulares. Nunca vi ninguém adormecer daquele jeito. Conversava abundante, sem cochilos nem bocejos; decidia repousar e entrava no sono imediatamente. O domínio sobre o corpo, a vontade rija, a ausência de sentimentos quase me apavoravam. Deixando a Alemanha, Sérgio casara e enviuvara, na Estônia. Não lhe notei saudade, era como se casamento e viuvez se referissem a outra pessoa. Agora, a segunda mulher o visitava com regularidade, trazia-lhe pijamas e abacates. O marido falava nela com simpatia, achava Emilie companheira excelente. A moça da Estônia fora colega de universidade, e Emilie, suponho, dera-lhe as primeira lições de português. No começo presumi Sérgio indiferente à beleza física, só interessado nas relações intelectuais, a carecer de sexo. Depois modifiquei o juízo. Também comigo se passava qualquer anormalidade. Surgiu-me de repente anafrodisia completa. Súbita desaparição dos desejos eróticos e um resfriamento geral, espécie de anestesia; órgãos se embotavam, paralisavam; a esquisita impressão de haver em mim pedaços mortos. Porque diabo me vinha aquilo de chofre? Deram-me um princípio de esclarecimento, e não liguei importância a ele. Eu abusava do café. Certa manhã, fornecendo-me o segundo caneco, o faxina me proporcionou este aviso:

– Se o senhor soubesse o que há nisto, não bebia tanto. – Indaguei, o tipo encolheu os ombros e ficou por aí. Desatento ao conselho, não me abstive do líquido enjoativo, adocicado. E nem de longe suspeitei que o gostinho de formiga tivesse ligação com o prolongado esmorecimento.

capítulo 5

VOTOS de boa viagem, manifestações de alegria, o Hino do Brasileiro Pobre seguiram capitão Mata, na Praça Vermelha. E, depois de curto abandono, a cama fronteira à minha, junto à porta, foi ocupada por Sebastião Hora. No cubículo à esquerda, além de Benjamin Snaider e Valdemar Bessa, vivia agora Pedro Luís Teixeira, um repórter magro que raro nos falava, e não nos cedia lugar ao atravessarmos o passadiço estreito. Míope em excesso, piscava os olhos, encarquilhava as pálpebras e não nos distinguia a três passos. A direita os nossos vizinhos eram Macedo, Lauro Lago, um terceiro, provavelmente do Rio Grande também, pois aquela gente vivia sempre junta. Perdidas as cordas na rouparia, Macedo arranjara outras, muito longas, e conseguiria armar a rede em varões das grades. Ficava sentado nela horas extensas, calmo, risonho, fumando cachimbo. De pé, gordinho, barrigudinho, amável e resoluto, parecia-me deslocado.

Alguns passageiros do Manaus iam ressurgindo. A careta medonha de Gastão, fixa na carne em rugas, na costura vermelha a estender-se da boca ao pescoço, voltou a zombar involuntariamente de nós. O pequeno dentista Guerra alojou-se no segundo andar, perto da escada. Mário Paiva chegou silencioso, triste, com ar doentio; nunca mais tornamos a ouvir a flauta de seu Lobato. Revi Carlindo Revoredo, imóvel como no porão, o estudantezinho João Rocha, Van der Linden. Remiro Magalhães, estabanado, sempre em correrias e gritos, achou ali companheiros, dois garotos presos quando pintavam muros. Essas crianças nem tinham nomes: para nós eram simplesmente os pichadores. Sebastião Félix encontrou sectários e decidiu realizar à noite sessões de espiritismo bastante animadas. Esquecia os viventes, estimava a companhia dos mortos. Em semelhante convivência, não sei como se interessou pela rebelião de Natal. É possível que não tivesse entrado nela. Capitão Mata e Manuel Leal estavam alheios à bagunça do 35. E o beato José Inácio desejava uma revolução que fuzilasse todos os ateus.

Leonila e Maria Joana foram recolhidas à sala 4. Do terraço, no banho de sol, vi-as lá embaixo, num pátio, em companhia das outras mulheres. Eram dez ou doze, formavam círculo e faziam exercício atirando uma à outra, a desenferrujar os braços, uma bola de borracha. Todas as manhãs passavam ali uma hora. Na ida e na volta, demoravam-se às vezes no patamar, afastavam a lona que disfarçava a Praça Vermelha, detinham-se alguns minutos a conversar com os homens. Sinais de relance percebidos serviram-me para distinguir várias delas: os lábios vermelhos de Valentina, os cabelos grisalhos de Elisa Berger, os olhos verdes de Eneida. Olga Prestes era branca e serena. Rosa Meireles, forte e enérgica, tinha voz rija, decidida. No rosto ardente de Maria Werneck, no corpo magro, onduloso, adivinhava-se de longe intensa vibração. A figura de Nise entrara-me fundo no espírito. Apesar de havermos ficado momentos difíceis um diante do outro, confusos, aturdidos, em vão buscando uma palavra, aquela fisionomia doce e triste, a revelar inteligência e bondade, impressionava-me. Não me arriscaria a dirigir-me a ela. Se isto acontecesse, emudeceríamos outra vez, permaneceríamos no constrangimento horrível, a catar ideias incompletas e espalhadas. Contentava-me perceber-lhe à distância a palidez, o sossego fatigado, a viveza dos enormes bugalhos. Numa dessas passagens matinais deu-se coisa burlesca. Diversas pessoas no Pavilhão, sem querer, entregavam-se ao nudismo. Saíam do banheiro, iam secar preguiçando nos cubículos, andando na Praça Vermelha, e esqueciam-se de vestir-se. Estava assim Newton Freitas, oferecendo a um magote ocioso conversa loquaz e gargalhadas imensas, quando se entreabriu a cortina de lona e a figura de Eneida apareceu. Com impudência tranquila, o homem deu um passo e cumprimentou.

– Você está decente para falar com senhoras – murmurei tocando-lhe no ombro.

– Puxa! Com os diabos!

Recuou, quis envolver-se na toalhinha de rosto, mudá-la em tanga, acocorou-se rapidamente por detrás dos companheiros, morta a alegria num instante, encabulado em excesso.

Depois desse dia os habitantes do Pavilhão foram cautelosos, e Eneida nos trouxe uma exigência: deveríamos pelo menos usar cuecas. Dispensavam-se os pijamas, nem todos os possuíam. Rodolfo Ghioldi, por exemplo, estava desprevenido: ainda não lhe chegara a roupa tomada na polícia, e de manhã, no degrau da escada, fazia a conferência quase em pelo, tirando efeitos do lenço, como um pelotiqueiro, do relógio de pulso, do cartão pequeno onde arrumara o esquema da palestra. Mais ou menos cobertos havia dois homens: Valdemar Birinyi e um sujeito cabeludo, baixinho, que me apareceu na fila da comida, lendo um romance inglês. Despojara-se do paletó, mas a calça de casimira bem vincada, sapatos, meias, camisa fina, colarinho, gravata, suspensório discordavam muito dos nossos hábitos. Cumprimentei-o, busquei puxar conversa. Evidentemente os meus tamancos e o pijama sovado lhe inspiravam desconfiança. Em poucas palavras, confessou-me que se chamava Anastácio Pessoa, era recém-chegado e estava ali por equívoco. Talvez julgasse comprometer-se falando comigo: encerrou o assunto e mergulhou na leitura do seu inglês. Mais tarde informei-me. Era alto funcionário de um Banco. Chamado à polícia, tomara o automóvel, fora prestar declarações, meio intrigado. Que diabo queriam com ele? Ao chegar, recomendara ao chauffeur que esperasse. As horas se tinham passado, os dias – e nenhuma pergunta. Quando supunha esclarecer o negócio e voltar à sua carteira, transferência para a Casa de Detenção. Anastácio Pessoa, atordoado, ainda esperava desfazer o engano, ouvir explicações e gentilezas. A qualquer momento o chamariam. Por isso estava ali metido na calça azul, de meias e gravata, os olhos na página, a afrontar a nudez escura de Newton Freitas. Não se resignava a largar a roupa e acomodar-se. Muito diferente era Isnar Teixeira, médico cearense, franzino e miúdo, que apareceu descalço, com bagagem reduzida: um pijama e uma escova de dentes. Vinha com ele Otávio Malta, jornalista pernambucano, risonho e pequeno, a quem deram logo a alcunha de Cabeça-de-Porco. Imitaram-lhe a pronúncia nordestina e inventaram sobre ele uma anedota absurda. Na Ordem Política e Social o delegado lhe dissera:

– Pode entrar, seu Matoso.

E Malta respondera:

– Perdão, *doutô*. Esse é o meu nome *ilegá*. O verdadeiro é Otávio Marta.

A pilhéria, repetida, nunca enfadou o rapaz. Divertia-se com ela, depois se fechava, escrevia artigos que à noite eram divulgados na Rádio Libertadora. Outros indivíduos iam surgindo. Um me impressionou, alto, magro, ligeiramente curvo, grave demais, severidade imensa a estampar-se no rosto. Vi-o de longe, à noite, no extremo do passadiço fronteiro, ao pé da cortina. Ofereceram-lhe uma salva de palmas; agradeceu com um gesto, apresentou-se:

– Lourenço Moreira Lima.

Devia ser o coronel que, anos atrás, governara o Ceará, julguei. No dia seguinte, ao cumprimentá-lo, dei-lhe a patente. Recusou-a:

– O senhor está me confundindo com meu irmão Filipe. Eu sou Lourenço.

– Também militar?

– Não, advogado.

Nascera decerto para usar farda. Rijo, anguloso, afirmativo, grande energia exposta na cara onde se cavavam rugas duras, infundia respeito. Recebeu por isso a alcunha de Bacharel Feroz. Injustiça: conheci-lhe depois o coração de ouro. Foi um dos sujeitos mais dignos que já vi. Com duas hérnias contidas numa funda complicada, viajara longas distâncias pelo interior, a pé, a cavalo, subira e descera rios, como secretário da Coluna Prestes.

A chegada mais rumorosa foi a de Apporelly. Estávamos recolhidos, e a Rádio Libertadora, em meio do programa, comunicou o sucesso.

– Fala o Barão – exigiram de vários cubículos.

Sem demora, uma voz pastosa, hesitante, anunciou a teoria das duas hipóteses. Risos contagiosos interromperam com frequência a exposição. Consegui entendê-la por alto. Otimista *panglossiano*. Apporelly sustentava que tudo ia muito bem. Fundava-se a demonstração no exame de um fato de que surgiam duas alternativas; excluía-se uma, desdobrava-se a segunda em outras duas; uma se eliminava, a outra se bipartia, e assim por diante, numa cadeia comprida. Ali onde vivíamos, Apporelly afirmava, utilizando o seu método, que não havia motivo para receio. Que nos poderia acontecer? Seríamos postos em liberdade ou continuaríamos presos. Se nos soltassem, bem: era o que desejávamos. Se ficássemos na prisão, nos deixariam sem processo ou com processo. Se não nos processassem, bem: à falta de provas, cedo ou tarde nos mandariam embora. Se nos processassem, seríamos julgados, absolvidos ou condenados. Se nos absolvessem, bem: nada melhor, esperávamos. Se nos condenassem, nos dariam pena leve ou pena grande. Se se contentassem com a pena leve, muito bem: descansaríamos algum tempo sustentados pelo governo, depois iríamos para a rua. Se nos arrumassem pena dura, seríamos anistiados, ou não seríamos. Se fôssemos anistiados, excelente: era como se não houvesse condenação. Se não nos anistiassem, cumpriríamos a sentença ou morreríamos. Se cumpríssemos a sentença, magnífico: voltaríamos para casa. Se morrêssemos, iríamos para o céu ou para o inferno. Se fôssemos para o céu, ótimo: era a suprema aspiração de cada um. E se fôssemos para o inferno? A cadeia findava aí. Realmente ignorávamos o que nos sucederia se fôssemos para o inferno. Mas ainda assim não convinha alarmar-nos, pois essa desgraça poderia chegar a qualquer pessoa, na Casa de Detenção ou fora dela.

De manhã, ao lavar-me, notei, que alguém se esgoelava no chuveiro próximo, recitando *Os Lusíadas*:

— As armas e os barões assinalados...

A água jorrava com forte rumor, alagava o chão; diversas torneiras abertas, resfôlegos, gente a esfregar-se, magotes conversando à porta, aguardando vaga. O vozeirão dominava o barulho: E também as memórias gloriosas daqueles reis que foram dilatando a fé, o império, a uretra...

Dei uma gargalhada ao ouvir este comentário:

– Hoje não se dilata império nem fé. Essas dilatações vão desaparecendo. Agora o que se dilata é a uretra.

Saí. E enquanto me enxugava, conheci o Apporelly, nu, um sujeito baixo, de longa barba grisalha, o nariz arrebitado, que uma autocaricatura vulgarizou. Vestimo-nos, subimos para o banho de sol. Algumas dezenas de homens faziam ginástica. Fomos sentar-nos longe do exercício, prudentes e capengas, ele hemiplégico, eu com a perna entorpecida, mal me equilibrando, pontadas constantes no lugar da operação. A viagem a bordo me arrasara. Talvez essa coincidência no desarranjo físico nos tenha aproximado. Familiarizamo-nos depressa. Confiou-me Apporelly o plano de um trabalho concebido ultimamente, ia dedicar a ele os ócios da prisão. Tencionava compor a biografia do Barão de Itararé.

– Volume grosso, um calhau no formato dos de Emil Ludwig. No frontispício, a divisa, o escudo, as armas do ilustre fidalgo: uma garrafa, um copo, um talher cruzado, um frango em decúbito dorsal. É a história completa do homem, a ampliação dos ridículos que publiquei na Manha. Veremos os princípios do barão, a vida política, os negócios, a maneira como adquiriu o título. Agraciou-se naturalmente e fez esta confidência aos amigos: "Se eu fosse esperar que me reconhecessem o mérito, não arranjava nada. Concedi a mim mesmo carta de nobreza."

– Boa ideia – concordei. – Vai arranjar uma crítica social oportuna.

– Claro – anuiu o motejador feroz. – Você conhece Itararé jornalista. Depois que ele se tornou popular, esmoreceram aqui na imprensa as manifestações de sabujice ao nosso querido diretor. Um dia Itararé descobriu uma volumosa ladroeira oficial e denunciou os responsáveis numa longa campanha moralizadora. Aos íntimos explicou-se: "Patifes! Canalhas! Para uma transação como essa não me convidam." Enfim, quinhentas páginas grandes. Acho que terei o volume pronto num ano, com certeza não nos largarão antes.

Correram semanas. Repetidamente ouvi Apporelly desenvolver o seu projeto, modificá-lo, narrando minúcias. Não se resolvia, porém, a iniciar a obra, coordenar as ironias abundantes que fervilhavam no interior. Absorvia-se na improvisação, exibia fragmentos já lançados no hebdomadário. Impossível dedicar-se a tarefa longa, julguei. Depois imaginei-o vítima de incapacidade transitória. Na extensa inércia, o pensamento esmorecia, os desígnios murchavam. Raros ali conservavam a lucidez e a firmeza de Sérgio, de Rodolfo Ghioldi. Trabalhos descontínuos, aulas vagas falhando, recomeçando sem programa, tudo me fazia supor que desejávamos atordoar-nos. Tentei aprender russo com Benjamin Snaider: peguei o alfabeto e meia dúzia de palavras. Exigiram de mim uma conferência a respeito do nordeste. Alarmei-me:

– Estão doidos?

Tinha graça aventurar-me a falar na presença de Rodolfo. Com certeza viram inépcia ou má vontade na recusa. As folhas e os lápis dormiam na valise. O abscesso da mão secou e cicatrizou, a unha caiu, veio outra: findava o pretexto com que me iludia para ficar inativo. Decidia-me a custo. Necessário retomar o papel e escrever algumas linhas.

capítulo 6

VALDEMAR BIRINYI introduziu o jogo de xadrez no Pavilhão dos Primários. Vivia num isolamento profundo, necessitava comunicar-se. Por desgraça menoscabara os hinos e largara a frase inconveniente à chegada: "Querem fazer revolução com essas bestas?" Em consequência o antigo oficial de Bela Kun fora posto de banda. Tentava conversar e ninguém o compreendia direito. Quis dizer-me qualquer coisa um dia. Ouvindo algumas palavras italianas, fixei a atenção, mas a pronúncia horrível, idiomas diversos a misturar-se, em balbúrdia, atrapalhavam desesperadamente o discurso. Mais tarde perguntei ao russo:

– Que diabo de língua fala Birinyi, ó Sérgio? O italiano dele é medonho.

– E o alemão também – respondeu o matemático. – Não entendo o que ele diz.

Na falta de intérprete, Valdemar Birinyi necessitou recorrer a um português miserável. Com ele, expressões da sua algaravia internacional e gestos significativos chegaram a manifestar-se. Nessa linguagem, referiu-me que na polícia lhe haviam tomado oito malas, vinte e cinco mil francos suíços e, perda irremediável, uma preciosa coleção de selos, a terceira do mundo. Fora anos atrás à Inglaterra exibir essa maravilha ao rei, também filatelista. Narrou-me a viagem com segurança, a visita, bastante vaidoso. Certo dia traçou numa folha de almaço um tabuleiro de xadrez, fabricou peões, torres, cavalos, bispos, reis e rainhas com miolo de pão, coloriu de azul as peças e as casas pretas. Desde então aquele divertimento nos encheu as horas, venceu as lições, as cantigas da Rádio Libertadora. Ao cabo de algum tempo houve um desastre. Entrando no cubículo de Birinyi, fomos encontrá-lo a mexer-se, agitado:

– Bicho.

Levou a mão à boca muito aberta:

– Bicho.

Mostrou-nos as peças roídas, várias inutilizadas, arreganhou de novo os queixos, moveu os beiços. Percebemos a intenção dele:

– Comeu?

– É, comeu. Bicho comeu xadrez.

– Que bicho, Birinyi?

O homenzarrão ficou um instante indeciso, revolvendo a memória. Nada achando, estirou-se no chão de barriga para baixo, sacudiu à toa os braços e as pernas, enfim descreveu como pôde os movimentos de uma barata. Concluímos facilmente que as baratas haviam estragado as figuras. Esse contratempo não causou prejuízo sério. Valdemar Birinyi utilizou uma segunda vez o miolo de pão e o tinteiro. E na manhã seguinte, ao descer do banho de sol, vi junto à escada um rapaz moreno, barrigudo, com feitio de pote, demolindo a canivete um cabo de vassoura. Concentrado e paciente escavacava a madeira rija. Admirei-lhe a pachorra, informei-me:

– Que é que o senhor está esculpindo?

– Uma torre – explicou o moço em voz gemida, suspendendo o trabalho e fitando-me os olhos mansos.

– Quê? Tenciona arrancar daí as peças todas?

– Claro. Já dividi o cabo da vassoura em trinta e duas partes. Olhe os riscos.

– Esse pau é duro como o diabo. Será difícil arranjar os cavalos.

– Não há pressa – volveu o sujeito. – Vou fazê-los inteiriços. É mais fácil, sem tarugo.

Foi assim que travei conhecimento com Vanderlino Nunes, homem útil, de numerosas habilidades, inalterável nas situações mais infelizes. O trabalho dele recebeu elogios, andou em diversos lugares e chegou, suponho, à República Argentina, mas naquele momento quase passou despercebido. Havia por semana uma hora de visitas. As giletes saíam das malas, o barbeiro estabelecido numa saleta, além da grade, tinha serviço, desenrolavam-se as roupas envoltas em jornais, as pessoas surgiam de rosto liso, penteadas, cobertas de pano, em decência escandalosa transpunham a larga porta, sumiam-se no pátio, como se reconquistassem a liberdade. Pouco depois voltavam, despojavam-se do luxo rápido, entravam na condição anterior. Os faxinas iam e vinham, conduzindo embrulhos; sobre as camas expunham-se objetos numerosos, com predominância de peras e maçãs. Entre essas coisas veio o primeiro tabuleiro de xadrez, aparecido no cubículo de Benjamin Snaider. Em seguida vieram muitos, grandes, pequenos, de papelão, de tábua, afinal uma assustadora mesa rica, o tampo de quadrados vermelhos e negros, duas gavetas onde se arrumavam peças enormes.

Depressa nos acamaradamos no jogo. Esmoreceram bastante algumas divergências políticas. Entre um roque e um xeque fiz amizade com Rodolfo Ghioldi. Longamente lhe escutei a exposição clara, sem tentar aproximar-me dele. Mandaram-lhe a roupa tomada na polícia. No degrau de ferro, agora metido num pijama, discorria sobre a América do Sul, explicava os motivos da rebelião de 1935: muitos indivíduos que tinham figurado nela precisavam esclarecimentos. Os guardas passavam, detinham-se. E a voz calma não se alterava, as ideias afluíam rápidas, o contexto me dava a impressão viva de prosa armada laboriosamente, no papel. Outras pessoas se manifestavam: Medina, Pascoal Leme, Valério Konder, médico alto, louro, de olhos enérgicos, Benigno Fernandes, advogado tuberculoso. Lauro Lago narrou o barulho de Natal, Sebastião Hora mostrou pedaços de Alagoas. Quem mais se arriscava, porém, era Rodolfo. Secretário do Partido Comunista Argentino, homem de responsabilidade, certamente o vigiavam de perto. Receávamos que o mandassem para lugar pior: Prestes e Berger estavam no isolamento, e o segundo perdia a razão sob torturas multiplicadas. Rodolfo se dirigiu a mim pela primeira vez, meio descontente. Soubera que eu o considerava bom orador e aborrecia-se:

— Não faço discursos. Apenas converso.

— É o diabo. Certas palavras se acanalham imerecidamente — respondi. — Gosto de dar a elas o sentido exato. Não julgo oradores os que declamam solecismos e lugares-comuns. Aqui no Brasil há uma birra como a sua: ninguém quer ser literato, não sei porquê. Eu me confesso literato, literato ordinário.

Findo o equívoco, tornamo-nos amigos jogando xadrez. Pexotes, movíamos as pedras desazadamente, alheios, palestrando.

— Você acha que Birinyi foi realmente oficial de Bela Kun, Rodolfo?

— Talvez. Quem sabe? Os oficiais de Bela Kun não deviam ser muito diferentes daquilo.

Nas conferências Rodolfo continuava a exprimir-se em espanhol, mas intimamente, no cubículo, debulhava um português razoável. Pobre de Birinyi, criatura gigantesca. Uma vez chegou-se a mim, pediu-me o tabuleiro com que me entretinha.

– Um instante, Birinyi. Estou acabando a partida.

– Eu queria logo.

– Bem.

Despedi-me do parceiro e contentei o húngaro. No dia seguinte, à hora do almoço, procurou-me na fila, apreensivo:

– Senhor, está zangado comigo?

– Zangado? Não. Porquê?

– Está sim. Por causa do xadrez.

– Que ideia, Birinyi! Quem lhe falou nisso?

– Snaider.

– É brincadeira dele.

O colosso ficou um momento indeciso, estendeu-me o braço peludo:

– A mão.

Apertei-lhe os dedos, rindo.

– Agora – exclamou desanuviado. – Agora sim. Amigo.

Tempo depois convidou-me a visitar-lhe o cárcere, mostrou malas abertas e fotografias das suas propriedades em Buenos Aires e em Londres. Abriu álbuns fornidos onde se pregava a famosa coleção de selos. Faltavam diversos, os maiores, os mais bonitos, mas isso não representava prejuízo sério:

– Ainda é a terceira coleção do mundo – murmurou com alívio.

A terceira, levada à Inglaterra preciosamente, para o rei ver

– *Senhor* pensava que era mentira.

– Que lembrança, Birinyi! Eu não disse tal coisa.

– Não disse, mas pensou. Verdade, senhor, verdade

Apresentou-me, risonho, uma revista inglesa. Vi uma ilustração: ele e o príncipe de Gales contemplavam absortos um daqueles grossos volumes que enfeitavam a cama estreita, cheios de papelinhos coloridos. Lá estava a notícia: a chegada a Londres, a audiência custosa, o valor dos símbolos examinados com atenção pelos dois homens.

— A terceira do mundo. Verdade, verdade.

— Naquele tempo ele não era rei.

— Mas hoje é — respondeu Birinyi orgulhoso, tomando-me a revista.

capítulo 7

OS PERCEVEJOS da Detenção eram na verdade uma praga, e em vão tentávamos saber onde se escondiam. No prédio novo, de muros lisos, chão encerado, parecia não haver ambiente para a medonha proliferação. Deviam alojar-se nos ferros das grades, nas juntas das camas, nas gretas dos guarda-ventos. Examinávamos pacientemente os lugares suspeitos, esmiuçávamos a roupa, as cobertas, os colchões, os travesseiros. Nenhum sinal dos miseráveis; durante o dia era possível esquecê-los, jogar xadrez, ler, escrever, ouvir discursos, lições, hinos, sambas. A noite deixavam-nos repousar alguns minutos: era como se calculassem o tempo, soubessem a hora de atormentar-nos. Quando íamos adormecendo, uma ferroada nos despertava, sentíamos carreirinhas na pele, cócegas, comichões. A trave de ferro já não me incomodava: habituara-me depressa a arrumar os ossos no colchão. Agora o tormento era aquele, picadas, o teimoso fervilhar. Virava-me, coçava-me, erguia-me afinal desesperado, sacudia os panos, em busca dos terríveis inimigos. Invisíveis, pertenciam com certeza ao organismo policial, realizavam fiéis a tarefa de importunar-nos da melhor maneira.

Impossível conservar-me deitado. Recorria a um dos três volumes, remoídos inutilmente na viagem; sentava-me, procurava entender um capítulo. Sebastião Hora agitava-se, adormecia e despertava agoniado. Sérgio permanecia imóvel, a boca entreaberta exibindo os largos dentes escuros, as mãos cruzadas no peito magro, a respiração leve, quase imperceptível; indiferença espantosa, calma de morto. Difícil entregar-me ao livro. O pensamento fugia, partia-se, emaranhava-se em lembranças da sociedade nova que me impunham, confusa, heterogênea, sempre a alterar-se, a recompor-se. E a luz era escassa, a lâmpada muito alta iluminava fracamente a página. Sem dúvida a leitura me arruinaria a vista. Assim me conservava, bocejando, fumando, até não resistir ao sono. Acolhia-me na fadiga pesada, insensível às sangraduras, despertava coberto de salpicos vermelhos.

Os médicos do Pavilhão, atentos à higiene muito se preocuparam com o flagelo: Valdemar Bessa, Isnar Teixeira, Sebastião Hora, Campos da Paz novo e Campos da Paz velho, magro e taciturno, que se assinava Campos da Paz M. V. Essas iniciais significavam Manuel Venâncio, e ignoro porque o doutor as colocava no fim. A sabedoria deles, conjugada, nenhuma vantagem nos trouxe. E nesse ponto Valério Konder resolveu, com energia, mover guerra constante e ordenada aos infames insetos. Alcançou, por intermédio do Coletivo, as armas necessárias, forneceu os cubículos de creolina e grandes nacos de sabão. Contrabandearam-se jornais, guardaram-se invólucros. E todos nós, válidos e doentes, fomos convocados para o serviço. Um dia por semana, engolido o café, abertas as grades, iniciávamos a campanha: fazíamos tochas de papel, desocupávamos a reduzida mobília e ficávamos algum tempo a sapecá-la. A chama lambia o metal, a madeira, parava nas juntas, buscava as reentrâncias, asilos possíveis de bichos, ovos e larvas. A tinta azul dos guarda-ventos, o verniz branco das camas velhas, meio descascadas, apresentavam manchas negras; o solo se cobria de carvão, a cinza nos sujava os corpos nus, a fumaça nos sufocava. Depois examinávamos a roupa – o direito, o avesso, os mais ocultos esconderijos de pregas e costuras; esvaziávamos caixas e malas; sobre os móveis chamuscados empilhavam-se livros, panos, travesseiros, colchões, minuciosamente revistos. De calção de banho, Valério Konder se encarniçava, feroz e ubíquo, subia e descia a escada, estava na Praça Vermelha e no passadiço, comandando a refrega. Nenhum repouso, os tamancos batiam com o surdo rumor de cascos de bois acossados. Varríamos os detritos. E principiava uma extensa barrela. Abríamos as torneiras, a água se derramava nas pias, transbordava, alagava o chão; utilizando os canecos, atirávamos nas paredes jatos enérgicos. Ensaboávamos tudo com rigor, as vassouras chiavam desesperadamente, agitando espuma escura. Os chuveiros não tinham férias: sem diminuir o trabalho, caíamos num banho ruidoso, violentas esfregações nos livravam do suor e da tisna. O declive do terreno impedia escoamento: ainda o líquido não chegava à porta e a poucos metros, ao fundo, tínhamos os pés mergulhados. Chapinhar confuso, dezenas de canos abertos, vasilhas frenéticas lançando jorros sem descontinuar. Os quartos se enchiam, principiávamos o combate à inundação. As torneiras se fechavam, moviam-se furiosamente as vassouras, a arrojar no exterior espadanas largas. Do passadiço uma cachoeira se derramava no rés-do-chão, espalhava-se, recebia afluentes, dirigia-se ao esgoto descoberto para receber o aguaceiro. Finda a lavagem demorada, esfregávamos com estopa o solo vermelho, jogávamos nele borrifos de creolina, que se alargavam na umidade, formavam nódoas leitosas. Em seguida obturávamos com sabão as gretas dos guarda-ventos, as bases dos pregos metidos nos muros, as articulações das grades e das camas; todos os buracos e ângulos suspeitos eram calafetados.

A arrumação dos troços concluía a dura labuta. E os corpos, afeitos à inércia, estiravam-se cansados, perdiam-se em leve modorra, logo interrompida. Ainda não estavam secos os tamancos deixados a aquecer numa faixa de sol, e uma lancetada rija nos despertava. A indignação nos enchia de raiva. Trabalho perdido. Como se defendiam aqueles miseráveis resistentes ao incêndio, ao dilúvio? Patifes. Zombavam dos nossos desgraçados esforços e vingavam-se. Iriam assanhar-se, não nos deixariam tranquilos. Canseiras inúteis, aniquilados os desígnios mortíferos de Valério Konder.

capítulo 8

ISOLADOS ou em pequenos grupos, novos indivíduos surgiam no Pavilhão dos Primários, havia ali um fervedouro de cortiço. Em geral demoravam pouco: sem razão aceitável, desapareciam. Os novatos se embebiam na esperança de reconquistar a liberdade. Era como se se evaporassem, não recebíamos a mais leve notícia deles. De repente alguns tornavam e, antes de acomodar-se, retiravam-se de novo, na contradança infindável, incompreensível. Essa mobilidade nos causava receio constante. Não nos permitiam conhecer-nos bem; relações imprecisas, camaradagens mal esboçadas, estavam sempre a desfazer-se. As figuras nos apareciam vagas, incompletas; só os caracteres mais fortes conseguiam definir-se. Comunicação difícil, quase impossível: operários e pequeno-burgueses falavam línguas diferentes. Não nos entendíamos, não nos podíamos entender. Além disso corriam boatos com insistência, desagradáveis, e isto nos minava o relativo sossego; cessaram os cochichos do capitão de nariz comprido — e germinaram suspeitas numerosas.

Foi quando começaram a chegar os homens de Pedro I. Hercolino Cascardo apresentou-se, lacônico, piscando os olhos furiosamente, metido num roupão escuro. A voz metálica de Agildo Barata nos arrepiou. Era um sujeito moreno, miúdo, insignificante, e parecia-me difícil que houvesse conseguido, preso, sublevar um regimento. A força dele se manifestava no olhar vivo e duro, na fala breve, sacudida, fria, cortante como lâmina. Tavares Bastos, nervoso, inquieto, com jeito de pássaro, veio encarregar-se da classe de francês. Ensinava gramática, e pensava em mulher. No banho de sol, desprezava a ginástica, debruçava ao parapeito, olhando o pátio onde as vizinhas mexiam a bola de borracha.

– Quem me dera ter asas – suspirou num dos seus madrigais.

– Desça pendurado nos cabelos do seu companheiro – respondeu Eneida mostrando a cabeleira enorme de Alcântara Tocci.

O professor de inglês, substituto de Sérgio, foi Lacerda, *Lacerdão*, que vivera na Inglaterra e se orgulhava da sua pronúncia de Cambridge. Vi-o pela primeira vez à noite, seguro aos ferros da grade, a soltar gritos, excedendo-se na execução furiosa de uma cantiga. No dia seguinte, num cubículo do rés-do-chão, novamente lhe admirei os braços musculosos, os dentes de selvagem, a bocarra medonha, o vigor com que martelava sílabas exóticas:

– *The tree grows.*

Na larga barra escura da parede escrevia a giz as palavras. Baixava-se, ia pouco a pouco subindo enquanto falava, tentando figurar o crescimento da árvore; as mãos se agitavam simulando galhos; os sons, repetidos, se gravariam no espírito dos alunos. Lembrei-me de Valdemar Birinyi deitado no chão de barriga para baixo, imitando barata. Vi de novo Lacerda no exercício de uma rija lição vociferada a Adolfo Barbosa. Abri os ouvidos, atento, e, percebendo-me o interesse, a verbosa criatura dispôs-se logo a prodigalizar-me os seus conhecimentos. Agradeci comovido e segurei a ocasião. Bem. O meu desejo era ler, apenas; a língua pena e a orelha dura me impossibilitavam relação verbal com estrangeiros. Desviando--se da letra, o meu juízo murchava; inútil procurar saber como as árvores se desenvolviam, com os sons perfeitos – e os ruídos exatos de Cambridge. Lacerda pegou um livro, indicou a página, pediu leitura e tradução. Mastiguei numerosas barbaridades e ouvi no fim este comentário:

– É. Parece que o senhor já viu uma gramática, um dicionário inglês. Mas essa articulação, francamente, é horrorosa. Ninguém adivinha o que o senhor lê, não sabemos se isso é inglês ou tupi.

Algumas pessoas chegaram juntas, depois de uma aventura infeliz, entre elas Roberto Sisson, desenvolto, brilhante, amigo de polêmicas; Ivan Ribeiro, alegre, espadaúdo, loquaz; um mulato ríspido, estrábico, bilioso, o estivador Desidério. Haviam tentado fugir do Pedro I. Cúmplices no exterior, a luz vermelha de uma barca a indicar asilo. Submetendo o plano a exame rigoroso, eliminando com paciência os obstáculos, julgavam quase certo o êxito. E uma noite, nus, as roupas em rolo preso às costas – a silenciosa operação: vultos esquivos rastejando na coberta inferior, salto na água, mergulho, o deslizar de sombras, lenta busca do auxílio prometido. Nem barco, nem sinal vermelho. Desperdício de tempo, cansaço. O ajuste era ninguém deter-se, cada um se aguentaria como pudesse.

O embaraço imprevisto desarranjava a combinação. Idas e vindas na baía, longe da terra, procura desesperada, o crescente receio de perseguidores invisíveis, o frio intenso a paralisar membros, afinal, um desastre em perspectiva: Sisson, justamente Sisson, oficial de marinha, não resistira às cãibras e ia morrendo afogado. Os outros, dispersos, tinham conseguido abrigar-se numa ilha. Desidério se atrasara, sustentando o companheiro desfalecido; esquecera o ajuste, regressara ao navio, deixara a carga pendurada a um cabo e dirigira-se ao continente. A liberdade precária se extinguira em poucas horas: agarrados na praia. Achavam-se no Pavilhão alguns rapazes do exército, o marinheiro inábil, péssimo padador, o mulato zarolho. Todos exibiam nos ombros riscos sangrentos, vestígio das cordas que tinham segurado as trouxas de roupa. Além dessas marcas, outras, numerosas, grassavam no corpo do estivador, causadas pelo chicote da polícia.

A presença dos novos hóspedes aumentou consideravelmente a oratória da prisão. Sisson estendia-se em afirmações enérgicas, às vezes sustentava paradoxos, detinha-se em minúcias insignificantes, resistindo com unhas e dentes se alguém o contrariava. A linguagem fluente, vigorosa, coloria-se de expressões cabeludas. Ivan Ribeiro me causou forte surpresa. Iniciou o primeiro discurso com um período de légua e meia, que me fez pensar:

– Quero ver como o soldadinho se desembrulha.

Durante o meu solilóquio o rapaz se emaranhava, metia orações na lengalenga e cada vez mais se complicava.

– Coitado. Não sai do atoleiro.

Enganei-me. Chegou naturalmente ao fim: arrumou caprichoso o montão de frases e pôs o verbo indispensável no momento preciso. O resto da arenga foi dito com absoluta correção.

– Muito bem. Temos aqui um militar esquisito.

Admirei Ivan. E, enquanto não lhe soube o nome, ele foi, para mim, apenas o tenente que sabia sintaxe. O estivador exibiu sem disfarce ódio seguro aos burgueses, graúdos e miúdos. Todos nós que usávamos gravata, fôssemos embora uns pobres-diabos, éramos para ele inimigos.

Houve eleição no Coletivo, e lá nos introduziram, a ele e a mim. Na primeira reunião levei cinco propostas. Lida a primeira, Desidério levantou o dedo e manifestou-se:

– Besteira.

– Como?

Estremeci, apertei as mãos com raiva. Anos atrás encolerizava-me facilmente, cegava, fazia imenso esforço para não me perceberem a zanga, a violência interior, movimentos dos punhos contraídos no desespero. Frequentemente explodia a fúria bestial e desmandava-me em desatinos que me enchiam de vergonha. Sentia-me fraco, bicho inferior, invejava as pessoas calmas, não conseguia iludir-me com a manifestação parva de coragem falsa. Às vezes me dominava, recompunha-me, a tremura desaparecia, os dedos se estiravam. Sinais de unhas nas palmas suadas, as juntas a doer; a respiração era um sopro cansado. Naquele dia a ira velha, recalcada nos subterrâneos do espírito, veio à luz e sacudiu-me: desejei torcer o pescoço do insolente. Na surpresa, recusei o testemunho dos olhos e dos ouvidos. Teriam dito a palavra rude? Estaria a censurar-me o bugalho torto e imóvel, a desviar-se de mim, zombeteiro, superiormente fixo na parede, num ponto acima de minha cabeça? O rombo sujeito, carregador de sacos, não seria tão grosseiro com uma pessoa habituada a manejar livros. Devo ter pensado nas conveniências amáveis e tolas, nas perfídias gentis comuns na livraria e no jornal.

– Como?

– Besteira – confirmou Desidério. – Para que serve isso? Para atrapalhar. Só para atrapalhar. O companheiro é um burocrata e está querendo meter dificuldades no trabalho.

Essa firmeza brutal esfriou-me a irritação, os escrúpulos vaidosos esmoreceram. Tentei defender-me, escorar-me em razões fracas, inutilizadas facilmente pelo estivador. Examinei as outras figuras do Coletivo: uma resistência muda indicou-

-me a vantagem de renunciar à discussão. O segundo projeto foi também fulminado. O terceiro agradou.

– Esse é bom – disse o vesgo.

E impediu-me expor motivos.

– Conversa. A gente está vendo que isso é bom. Não vale a pena estragar tempo. Vamos adiante.

As duas proposições finais obtiveram recusa unânime. Essa deplorável estreia varreu-me certas nuvens importunas: sempre me excedera em afirmações categóricas, mais ou menos vãs; achava agora uma base para elas. Evidentemente as pessoas não diferiam por se arrumarem numa ou noutra classe; a posição é que lhes dava aparência de inferioridade ou superioridade. Evidentemente. Mas evidentemente por quê? A observação me dizia o contrário. Homem das brenhas, afeito a ver caboclos sujos, famintos, humildes, quase bichos, era arrastado involuntariamente a supor uma diversidade essencial entre eles e os patrões. O fato material se opunha à ideia – e isto me descontentava. Uma exceção rara, aqui, ali, quebrava a monotonia desgraçada: o enxadeiro largava o eito, arranjava empréstimo, economizava indecente, curtia fome, embrenhava-se em furtos legais, chegava a proprietário e adquiria o pensamento e os modos do explorador; a miserável trouxa humana, batida a facão e a vergalho de boi, resistente ao governo, à seca, ao vilipêndio, resolvia tomar vergonha, amarrar a cartucheira à cinta, sair roubando, incendiando, matando como besta-fera.

Essas discrepâncias facilmente se diluíam no marasmo: era como se os dois ladrões, o aceito e o réprobo, houvessem trazido ao mundo a condição inelutável: pequenas saliências no povo imóvel, taciturno, resignado. Naquele instante a aspereza do estivador me confirmava o juízo. Lá fora sem dificuldade me reconheceria num degrau acima dele; sentado na cama estreita, rabiscando a lápis um pedaço de papel, cochichando normas, reduzia-me, despojava-me das vantagens acidentais e externas. De nada me serviam molambos de conhecimentos apanhados nos livros, talvez até isso me impossibilitasse reparar na coisa próxima, visível e palpável. A voz acre me ofendera os ouvidos, arrancara-me exclamações de espanto, abafadas nas preocupações do Coletivo: ninguém ali estava disposto a lisonjear-me. Aceitei o revés como quem bebe um remédio amargo. Afinal a minha opinião se confirmava.

capítulo 9

O CAPITÃO de nariz comprido esteve conosco dois ou três dias. Nunca lhe ouvi uma palavra, mas vi-o falar em excesso a grupos pequenos, afirmativo, açodado, a examinar os arredores com jeito de conspirador. Sem revelar em público nenhuma opinião, estava sempre a sussurrar um cacarejo indistinto, passeava na assistência minguada os inexpressivos olhos de ave, erguia o bico longo, baixava-o, reproduzia movimentos sacudidos de galinha a colher grãos. Os cochichos permanentes aborreciam-me, os gestos ambíguos, o proceder furtivo, o conluio visível de meia dúzia de pessoas. Afinal, o tipo se sumiu. Na verdade estivera a sumir-se constantemente, a esgueirar-se de um cubículo para outro. Findos esses manejos, bateu as asas na fuga definitiva, nem nos deu tempo de gravar-lhe o nome: para mim ficou sendo o *capitão de nariz comprido.*

Não deixou rastro, mas a sombra dele permaneceu entre nós. Murmúrios, inquietação, olhadelas oblíquas, retalhos de frases sibilinas, inexplicável desconfiança a contaminar as almas. Foi Lauro Fontoura, um tenentezinho falador e estabanado, quem me deu a chave do enigma. Sem conhecer-me direito, prodigalizou-me um dia vasta parolagem confusa, misturando assuntos como se o tempo lhe escasseasse para ordená-los e quisesse esgotá-los depressa. Interrompeu-se no meio da arenga e inquiriu de chofre:

— Você não tem receio de conversar comigo? Eu sou da polícia.

— Que história é essa? — indaguei frio.

Imaginava uma pilhéria à toa e escapava-me o alcance dela; contudo não me achava de nenhum modo curioso. Se o rapaz se tivesse calado, me esqueceria facilmente da revelação absurda. Não se calou — e súbito compreendi que me ia enlear numa série de embrulhos dolorosos. Recebi um choque imprevisto, coisa semelhante a dura paulada no cocuruto, passo temerário e queda em vala profunda, jorro de luz na treva a encandear-me.

— Sou um espião — tornou Lauro Fontoura. — É o que esses moços espalham por aí. Não lhe disseram? Pois fique sabendo. Um sujeito andou cochichando nos cubículos e encheu as cabeças desses idiotas. Reparou no oficial da venta grande?

Fiz um gesto afirmativo e desviei-me do caso desagradável. Muito desagradável. Impossível adivinhar se Lauro Fontoura pertencia realmente à polícia ou se servia de anteparo a maquinações safadas. Mal-estar, sorrisos murchos endereçados a um tipo nervoso, estabanado.

— Não entendo. Não sei aonde o senhor quer chegar. Esse capitão narigudo...

— É claro — respondeu Lauro Fontoura. — Você o conhece? Nem eu. Ninguém o conhece. Não entrou em nenhum barulho. Donde veio? Apareceu de repente, semeou brigas e escapuliu-se. Nem sabemos se o excluíram do exército. Excluir, tinha graça. Veio aqui desempenhar uma tarefa e será promovido.

O moço vociferou pouco mais ou menos isso, andando agitado, a transbordar indignação. Não achando terreno propício a desabafos, retirou-se de humor brusco, deixando-me enojado e perplexo, foi expandir além a sua zanga. Lembrei-me da viagem, das suspeitas que a bordo zumbiam sobre Van der Linden. Forjavam-se ali perigos inverossímeis, injustiças alargavam-se – e a vítima afinal vivia num ambiente hostil, percebia navalhas nos espíritos, gelo nas fisionomias, isolava-se na multidão. Agora se acusava sem disfarce, um indivíduo sentia os ataques e vinha explicar-me a origem deles. Impossível conjeturar se a explicação era verdadeira ou falsa; de qualquer modo o homem se mostrava leviano fazendo comentários imprudentes a um desconhecido. Surpreendera-me, logo ao chegar, ver Sérgio, Adolfo Barbosa e alguns outros fecharem-se: fugiam às discussões rumorosas e atrapalhadas que nos desgastavam a paciência, subiam raro ao banho de sol, desertavam a Praça Vermelha à hora dos discursos. Consideravam-nos trotskistas, ofensa máxima imputável a qualquer de nós. Sem se examinar ideia ou procedimento conferia-se o labéu a torto e a direito, apoiado em motivos frívolos ou sem nenhum apoio. Difamavam-se os caracteres arredios, infensos ao barulho, às cantigas, às aulas interrompidas, recomeçadas, ao jogo de xadrez; as índoles solitárias, propensas à leitura, à divagação, inspiravam desconfiança. As palavras tomavam sentidos novos; vagas, imprecisas, tinham enorme extensão; aplicadas sem discernimento, produziam equívocos.

Certa vez entretinha-me com Sérgio a falar sobre o casamento. Pensava na minha vida, alinhava os pequenos desgostos infalíveis na monotonia conjugal: atritos inesperados e reconciliações inúteis; corpos deformando-se no resvalar para a velhice; o desleixo, ausência de véus, todas as precauções abandonadas; dois egoísmos a conjugar-se, a ferir-

-se. Entretanto não nos era possível suprimir a monogamia. Onde achar remédio contra as mesquinharias pingadas na rotina como gotas de azeite? Numa sucessão de estados monogâmicos, talvez. Os norte-americanos estavam certos. Um basbaque nos ouvia atento, no fim da conversa intrometeu-se nela:

– Mas isso não é dialético.

– Que diabo vem aqui fazer a dialética? – resmungou Sérgio espantado.

– Sei lá.

Outro dia uma das nossas cavaqueiras foi interrompida quando me embrenhava no internacionalismo.

– Você é trotskista? – inquiriu alguém.

– Eu? Que lembrança! Afirmei que sou internacionalista. Por isso me embrulharam. Quem falou em trotskismo? Internacionalismo foi o que eu disse.

– É a mesma coisa.

– Está bem.

Esses desacordos me deixavam perplexo. Imputavam-me convicções diferentes das minhas, e nem me restava meio de explicar-me na algaravia papagueada ali: quanto mais tentasse desembaraçar-me, dar às coisas nomes exatos, mas me complicaria. Quase todos se julgavam revolucionários, embora cantassem o Hino Nacional e alguns descambassem num patriotismo feroz. Ouvindo-os, lembrava-me de José Inácio, o beato que desejava fuzilar ateus.

Onde estaria José Inácio? Esconderia-se, mais ou menos selvagem, num subterrâneo social, enquanto expúnhamos sabedorias convencionais, desinteressantes. Necessário ouvir a opinião de José Inácio: provavelmente ele tinha razões para querer suprimir-nos: em momentos de aperto ficávamos contra ele, materialistas de meia-tigela, camada flutuante, sem nenhuma consistência: as nossas ideias não lhe melhoravam a situação desgraçada. Sebastião Félix realizava sessões espíritas. Na verdade, essa gente me parecia estranha: insatisfeita, desejava impossíveis reconstruções, mergulhando no sonho, restaurando velharias. Devia recolher-me, evitar choques inúteis. Ouvidas as excelentes conferências de Rodolfo, me limitaria a parolar com duas ou três pessoas, me encaracolaria depois. Não alcançava desvencilhar-me dos pequenos aborrecimentos. Embora usando pijamas e cuecas, vivíamos em público, éramos obrigados a familiarizar-nos com indivíduos muito diferentes de nós. O desleixo na indumentária de algum modo nos nivelava. Quinta-feira, à hora das visitas, uma apressada civilização, de sapato e meia, colarinho e gravata, usava modos urbanos, do pátio à secretaria. No regresso anulavam-se as distinções, a meia nudez suprimia as conveniências, amortecia o respeito – e os homens se tratavam com sem-cerimônia pasmosa.

Às vezes me dirigia a Rodolfo, a Sérgio; achava-me à vontade falando a eles, sentava-me numa cama de ferro, expunha dúvidas, permutava informações. De repente me via fiscalizado: um bisbilhoteiro empurrara devagar a porta, escorregara manso para junto de nós e ali estava a espiar, a ouvir. Quando mal me precatava, uma objeção irrespondível, estranha ao assunto, alarmava-me. A princípio não conjeturei malícia: certamente aquilo significava apenas falta de educação e embaraço em compreender-nos. Agora me entrava na alma o espinho de uma suspeita. Os quiproquós repetidos não eram talvez casuais: obstinavam-se em modificar-me as ideias mais claras. Por quê? O rompante de Lauro Fontoura abalou-me: julguei evidente haver inimigos entre nós.

Enquanto os dissídios giravam em tomo da interpretação de uma frase, era fácil enganar-me, não enxergar neles aleivosia, achar nos outros entendimento escasso. A denúncia grave, subitamente revelada, abriu-me os olhos, forçou-me a considerar atento o meio. Os modos arredios do capitão de nariz comprido, os intermináveis conciliábulos, na ausência dele os fuxicos a germinar, depois um ataque rijo e o destampatório do acusado jogavam alguma luz sobre fatos anteriores, inexplicáveis, reforçavam dúvidas, mostravam a conveniência de precaver-me. Pensei na lista de nomes exposta na galeria, em tinta azul, na instigação à greve de fome, inútil e perigosa, na figura aniquilada e sombria de Van der Linden, no porão do Manaus. Isso me vinha aos pedaços e não se entrosava bem. Mas quando Pais Barreto chegou, achei-me diante de uma realidade, caso concreto, insofismável. Era um rapaz alto, desempenado, falador, transbordante. Veio ocupar a célula fronteira à minha. Vi-o dias inteiros curvado sobre papéis, escrevendo. Escrevendo informações à polícia, cochicharam-me – e não disseram em que se baseavam, nenhum fato mencionaram. Às vezes nem se manifestavam claramente: jogavam a malícia de passagem, ofereciam-nos avisos sibilinos:

– Cuidado, cuidado! Não se abra com certas pessoas.

Um olhar de esguelha concluía o aviso, indicava o perigo. As insinuações venenosas produziam efeito: usávamos cautela, pouco a pouco nos desviávamos da criatura visada. As alusões a Pais Barreto não me fizeram mossa a princípio. Casos semelhantes tinham-me chegado aos ouvidos, era-me impossível examiná-los, só me restava guardar silêncio e suspender qualquer juízo. As pessoas acirradas no ataque procediam de boa-fé, pareceu-me: o contágio, excessiva credulidade e rebaixamento do nível mental as levavam a admitir sem exame qualquer observação. Receava deixar-me arrastar, afirmar leviandades, alucinar-me a ponto de confundir o barulho de um motor com descarga de metralhadora. Esse temor me roía constantemente, e o pior de tudo era não saber se já me havia contaminado, se iria também criar fantasmas, ver perigos inexistentes e revoltas absurdas, comportar-me ingênuo como criança.

Possivelmente essa incerteza me aconselhou resistência às insinuações malévolas. Sentia-me enervado, propenso a aceitar qualquer boato. Preguiça de refletir. Em conseqüência, afirmei a mim mesmo o contrário do que me diziam: Pais Barreto não era traidor. Mas em nada me baseava para assim pensar. De fato não pensava, faltavam-me recursos indispensáveis a uma conclusão, desconhecia os antecedentes daqueles homens e era forçado a orientar-me pelas aparências. Revoltavam-me as picuinhas, as frases incompletas e tendenciosas, o labéu jogado a ausentes indefesos. Pisávamos terreno movediço e cheio de emboscadas. E não conseguíamos discernir se as acusações tinham fundamento ou não, quais os divulgadores sinceramente convencidos e quais os provocadores de suspeita e balbúrdia.

Em tal situação invade-nos um mal-estar desconhecido cá fora, vivemos à espera de ameaças indeterminadas e, reconhecendo ser impossível conjurá-las, não nos resignamos a capacitar-nos disto: buscamos isolar-nos na multidão, permaneceremos de sobreaviso, reduzimos o vocabulário e estudamos as caras e os gestos. Por assim dizer, adquirimos uma segunda natureza. Essa contensão do espírito afinal se mecaniza: jogando xadrez, remoendo as conseqüências de um lance arriscado, estamos sem querer a observar os movimentos do parceiro. Com certeza ele notará isso e nos julgará indiscretos, fará conosco o jogo que fazemos com ele. Todos se espionam, divulga-se o constrangimento, o ar se envenena. A recordação de um nariz bicudo persegue-nos, a toda hora esperamos vê-lo ressurgir, farejando.

capítulo 10

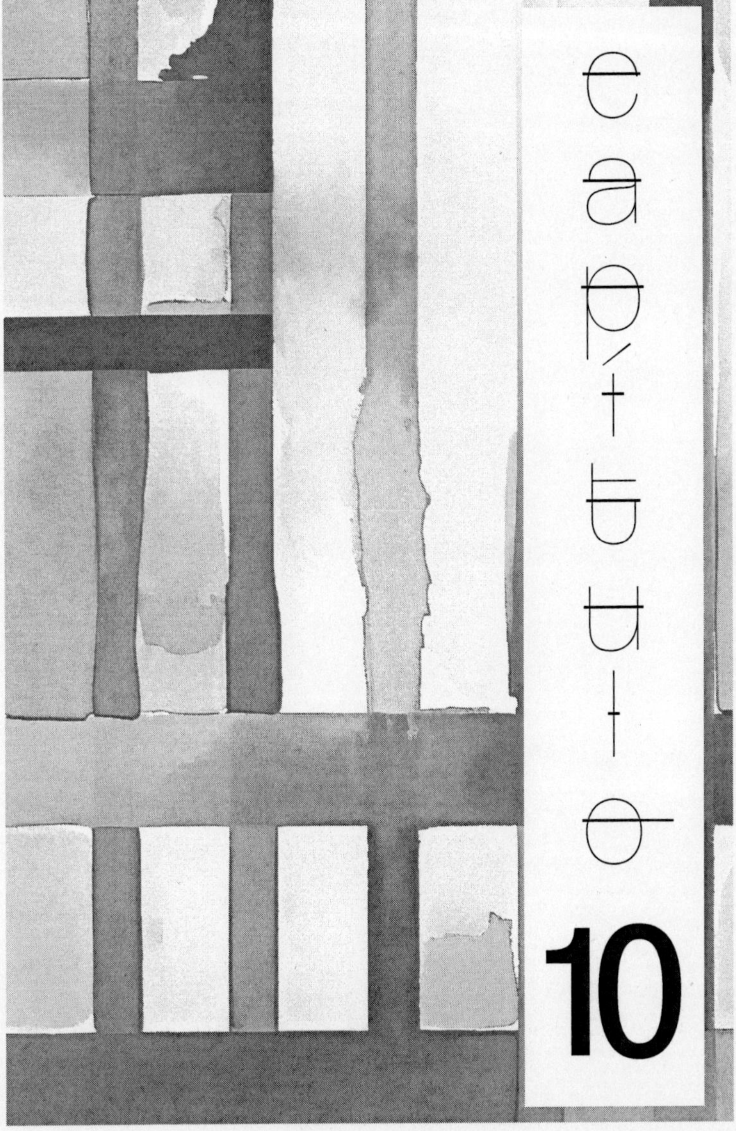

RODOLFO CHIOLDI foi chamado à polícia. Essas ordens periódicas me causavam sobressalto e estranheza. À polícia estávamos entregues, exibia-se a presença dela em tudo: na zebra dos faxinas, no uniforme dos guardas, nas manobras do capitão narilongo. O pleonasmo era de mau agouro, significava mudança para lugar pior, e vivíamos inquietos, à espera dele. Rangia a chave na fechadura, abria-se a grade larga do vestíbulo – e ficávamos de orelha em pé, aguardando o aviso. Às vezes era apenas visita, ida à secretaria, correspondência, um presente. Mas o grito medonho nos abalava:

– Polícia!

Olhávamos pesarosos a vítima, imaginávamos compridos interrogatórios, indícios, provas, testemunhas, acareações, um pobre vivente a defender-se às cegas, buscando evitar ciladas imprevisíveis. Depoimentos longos, partidos, recomeçados, pedaços de confissão arrancados sob tortura. Abracei Rodolfo, apreensivo, em silêncio, vi-o descer a escada, atravessar a Praça Vermelha, segurando a bagagem, vestido numa roupa leve cor de creme. Não voltaria, supus: aquilo era consequência das exposições diárias feitas no degrau; tinham reconhecido nele com certeza uma responsabilidade nociva e afastavam-no; dentro em pouco estaria incomunicável, sujeito a vigilância rigorosa. Enganei- me. Voltou no terceiro dia à noite, conversou comigo um instante à porta do meu cubículo. Vinha da Polícia Central, bastante apreensivo. Numa inquirição minuciosa, afirmara, negara, envolvera-se em fundas incoerências, afinal já nem sabia o que dissera.

—*Papeles*, mais *papeles*.

Bilhetes apócrifos, recados a lápis, documentos verdadeiros ou falhos em mistura, referências a fatos incompletos refutados aqui, aceitos ali, em trapalhada infernal. Ignorando até que ponto os carrascos estão seguros, os padecentes se desnorteiam nessa brincadeira de gato com rato, deixam escapar um gesto, uma imprudência necessária à clareza do processo. E o embuste avança, pouco a pouco se fabricam as malhas de uma vasta rede, outras pessoas vêm complicar-se nela, trazer novos subsídios ao inquérito.

Depois de lançada a informação leviana, impossível recuar, e o pior é serem imprevisíveis as consequências dela. Aquilo se junta a casos ignorados, estabelece uma relação só perceptível a uma das partes em luta. Na verdade não é luta: é caçada cheia de tocaias e mundéus traiçoeiros. Agarrado, o infeliz volta-se para um lado e para outro, inutilmente: a declaração estampou-se na folha, sem o emprego de violência física. Contudo as violências estão próximas, e talvez a frase inconveniente seja o reflexo de gritos e uivos causados por agulhas a penetrar unhas, maçaricos abrasando músculos. Não pensamos nisso. A palavra solta entre o suplício material e o suplício moral tem semelhança de voluntária, e se prejudicou alguém, podemos julgá-la delação. Emergiu de nervos exaustos e carne moída; ao sair do pesadelo, o miserável feixe de ruínas conjuga uns restos de consciência e horroriza-se de si mesmo. Teria dito realmente aquilo? Jura que não. Mas a frase foi composta, redigida com bastante veneno, alguns acusados a ouviram, patenteiam-se logo os penosos efeitos dela. É um passo definitivo na escarpa lisa onde o sujeito não se detém, nada encontra a que se agarre. Pisa ali, enrija os tendões, busca firmar os calcanhares no solo, mas é obrigado a marchar, a correr, até chegar ao lodaçal, lá embaixo. Já não inspira nenhuma confiança. Se, com desesperado esforço, em arrecuas violentas, dá alguns passos, consegue chegar-se ao ponto de partida, os antigos camaradas o empurram. Está de costas voltadas para eles, não se equilibra, forçam-no a descer, em pouco tempo se acha longe. Ninguém procura saber se ele tem culpa ou não, se o seu organismo era capaz da resistência precisa. Tinha obrigação de resistir. Antes de se arvorar em dirigente, devia balancear as suas forças, avaliar se elas eram suficientes para guardar um segredo em qualquer circunstância. Teve a desgraça de ser fraco e isto o inutiliza. É um desertor, tem de asilar-se no campo inimigo; aí lhe darão as tarefas mais repugnantes.

Isto explica as vagarosas desconfianças e as injustiças profundas existentes na cadeia. Impossível reconhecer todos os que se deixam subornar e os que estão a caminho disto. Em qualquer parte enxergamos trânsfugas. Desviamo-nos precipitadamente das pessoas interessadas em fazer-nos comunicações misteriosas, ligeiras indiscrições nos causam sobressalto. Por que vêm parolar conosco assuntos reservados? Em casa, na rua, no bonde, lendo o jornal, uma notícia nos enche de curiosidade, tentamos imaginar a vida estranha das organizações ilegais: pequenos grupos deslizando em caminhos desertos; casos discutidos, ruminados à luz da candeia mortiça, numa casa de subúrbio; vigias atentos sufocando receios, sondando a escuridão no frio cortante da madrugada, o sono a custo vencido; trabalhos arriscados, terríveis coragens, ações heróicas e anônimas; justiça implacável, a necessidade a impor-se, recalcando sentimentos.

Como será a linguagem dessas criaturas? Se assistíssemos às suas discussões, provavelmente entenderíamos pouco: nos escapariam intuitos embrulhados em palavra técnica. Almas diferentes das vulgares, com certeza: amor ao perigo, desprezo ao conforto, nenhuma confiança nas verdades oficiais, desdém a venturas póstumas, falência de valores antigos, criação de novos. Medonhas legendas negras em paredes nos causam admiração a remotas e confusas vidas românticas; fragmentos de conversa murmurados em cafés nos acirram a fantasia: as cenas devagar supostas ganham verossimilhança e nitidez. As pessoas que se demoraram junto de nós cochichando expressões cabalísticas aparecem-nos grandes em excesso. De repente nos afastamos do mundo: esquecemos o serviço, o estudo, os negócios, e penetramos os bastidores da revolução. Vamos informar-nos, será satisfeita a nossa longa curiosidade. Percebemos então, com assombro, que ela já não existe. Não é indiferença, é exatamente o contrário: a necessidade imperiosa de não saber; estamos de olhos e ouvidos muito bem abertos para fechá-los às mais simples inconveniências. Se uma delas nos chega, estremecemos e mudamos de assunto; se persevera, receamos o interlocutor e arredamo-nos. Por que nos veio comunicar tais coisas? Foi inepto ou queria sondar-nos, ver até onde nos comprometíamos, alinhavar um relatório à noite, confiá-lo ao chefe dos guardas na manhã seguinte? De qualquer forma, é indispensável guardarmos reserva. O que antigamente nos seduzia agora é motivo de calafrios. Desconhecemos o nosso valor e evitamos sobrecarregar-nos com pesos demasiados. Se passarmos três dias sentados, sem comer, sem dormir, sujeitos a um interrogatório cheio de circunlóquios, suspenso, recomeçado, não nos calaremos, sem dúvida. E nem é preciso usarem conosco rigores de técnica: não ficaremos três dias pisando em cima de alçapões: em menos de uma hora largaremos diversas incongruências, nos esvaziaremos por inteiro, soltaremos a frase de relance ouvida, que não compreendemos bem e talvez vá causar a ruína de outras pessoas.

Sem pensar nisso, devo ter percebido a consternação de Rodolfo ao abraçá-lo à porta do cubículo 35. Uma palavra expunha-lhe o tormento, a serenidade habitual desaparecera.

São tremendas essas incertezas. Vemo-nos irresponsáveis, tropeçamos, caímos, e não nos poderemos levantar; mas o pior é não sabermos se isso aconteceu, ignorarmos as nossas ações, sermos um joguete das circunstâncias. Fizemos, acaso, a revelação funesta? Desejaríamos saber isso, esquadrinhamos o interior, debalde; olhamos em redor, nenhum indício no ramerrão quotidiano: estamos incomunicáveis e ninguém nos diz se mostramos covardia ou bravura.

O meu bom amigo demorou-se alguns dias perplexo, recobrou dificilmente a calma. Depois, às novas inquirições, notou que se havia conservado perfeitamente digno: as suas palavras não causariam dano a outros indivíduos. Guardei, porém, a lembrança daquela incerteza agoniada:

— Menti demais e já nem sei o que disse.

Resistência inconsciente, defesa instintiva, imensa teimosia a escorar a vontade unânime — depois a supressão da memória, nenhuma resposta à pergunta ansiosa: "Terei praticado uma infâmia?" Admiramos a coragem alheia, e nem pensamos que em difícil conjuntura ela própria se ignorou: viu-se numa encruzilhada, marchou, sem saber se andava para a direita ou para a esquerda. Ligeiras incongruências, um sobressalto, algumas sílabas teriam determinado caminho diverso. E as inevitáveis consequências. Imaginei naquela situação e naquela angústia alguém que houvesse fraquejado no torniquete: "Nem sei o que disse. Terei cometido infâmia?" Sim ou não. Como no jogo do cara-ou-cunho, a moeda oculta debaixo da palma. Súbito a descoberta medonha – sim, e está um homem perdido, coberto de opróbrio, inteiramente impossível a reabilitação. Num caso ou noutro, ausência de culpa, ausência de mérito. Pensamos assim. E não evitamos o desprezo ou o entusiasmo. Rodolfo cresceu muito aos meus olhos. A energia involuntária deu-lhe maior prestígio que a inteligência revelada nos discursos longos.

capítulo 11

QUASE simultaneamente me vieram algumas surpresas. Na manhã seguinte Rodolfo Ghioldi me deu notícia de Jorge Amado, com quem se avistara na sala de detidos da Polícia Central. Rodolfo me trazia um recado: por intermédio de Jorge, o editor José Olímpio me oferecia a publicação do romance inédito e propunha um adiantamento: informava-se da importância necessária e perguntava como deveria entregá-lo.

Em vez de me alegrar, experimentei com essa proposta vivo embaraço. Apesar de minguarem os recursos, não me achava disposto a contrair dívidas. Não conseguiria desembaraçar-me delas, inerte, bambo, a invencível preguiça mental a dominar-me. Um entusiasmo de fogo de palha às vezes me levava a retirar os papéis da valise, insinuava-me a esperança de arrumar observações razoáveis sobre a vida na cadeia, mas o trabalho avançava lento demais, o jogo de xadrez e a vagabundagem nos cubículos me absorviam. Era o livro difícil, mais de um mês a capengar do quartel do Recife ao chiqueiro do Manaus, daí à Casa de Detenção, que deveria negociar, caso me fosse possível dedicar-me a ele.

A publicação do romance me parecia leviandade. Havia nele muito defeito, eram precisos cortes e emendas sem conta. Sem falar em mutilações e enganos infalíveis, cometidos pela datilógrafa. Indispensável examinar, rever tudo, comparar o original à cópia. Eu nem sabia onde paravam essas coisas enterradas em algum buraco de Alagoas; talvez já nem existissem: uma denúncia anônima as teria revelado, jogado ao fogo. Não me preocupava em demasia a perda, realmente pequena. Se o livro se salvasse, me ocuparia mais tarde em corrigi-lo, sobretudo amputar-lhe numerosas excrescências. Antes disso, consideravam-no objeto de comércio, desejavam transformá-lo em dinheiro. Recruta literário da província, acostumara-me a buscar nele algum valor artístico, embora fraco; economicamente seria um desastre, como os anteriores, dois naufrágios.

Súbito me fortaleci um pouco, senti-me dono de uma possível mercadoria, descoberta pelo comprador. Meses atrás José Olímpio me falara da edição, em cartas, e eu lhe respondera que ele não venderia cem exemplares. Admirava-me a insistência, em momento de perseguição, quando o aparecimento da história poderia causar prejuízos e aborrecimentos ao livreiro. No íntimo agradeci essas boas intenções, embora as julgasse irrealizáveis, pelo menos por enquanto, na dura incomunicabilidade. Entrei, porém, a verrumar o espírito curioso. Se os papéis escapassem à tormenta, quanto valeriam? Qual seria a tiragem? Uma ligeira brecha clara abria-se no horizonte nebuloso, as desgraças futuras, consideradas certas, diluíam-se um pouco. Embalava-me em frágeis e duvidosas esperanças, quando o chefe dos guardas me berrou o nome, ao pé da escada:

– Seu Fulano, um presente.

Cheguei-me ao parapeito do passadiço, vi lá embaixo o sujeito olhando para cima, um pacote na mão. Estranhei a comunicação repetida:

– Um presente.

– Não é para mim. Há engano.

O velho examinou o endereço, leu devagar.

– É impossível.

Desci, intrigado. Um equívoco, evidentemente. Nenhuma camaradagem no Rio de Janeiro; antigos companheiros de trabalho, conhecimentos superficiais no café, na pensão escura do Largo da Lapa, tinham-se esvaído na ausência de vinte anos. Assim parafusando, tomei o volume, desconfiado; lá estavam no papel de cor as letras bem visíveis, graúdas, formando uma linha sinuosa. Aquilo era meu, sem dúvida.

– Bem, muito obrigado.

Não havia pretexto para recusar. Subi, desatei os cordões do embrulho, um sortimento de peras, maçãs e uvas espalhou-se no colchão

– Quem diabo se lembrou de mandar-me isto?

Nem um bilhete, nem uma palavra indicativa. Ainda relutava em convencer-me, analisava debalde o papel róseo, esforçando-me por identificar o remetente, de qualquer modo pessoa que se arriscava. Por quê? Na estupidez nacional, fazer aquilo, interessar-se por uma criatura sumariamente condenada, revelava imprudência. Quem era o imprudente? Nada explícito, caracteres irregulares indo para cima, para baixo, curva esquisita, a adelgaçar, a engrossar, com certeza lançada por mão diversa das ordinárias, mão discrepante. Recordei-me de várias, masculinas, femininas, em vão. Grafia incaracterística, assexual, de pessoa educada, mas de educação estranha. Alguém que estivera perto de mim, que estava perto e não conseguia manifestar-se, falar, abraçar-me. Quem? Amigo indeterminado, enigmática dedicação gratuita. Sim, gratuita.

Observando-me por dentro, virando-me pelo avesso, tentei ver se em qualquer circunstância me tornara merecedor daquilo; e perguntei a mim mesmo se me achava capaz de tal delicadeza com outro indivíduo. Respondi pela negativa. Nada fizera, provavelmente nada faria, não me achava inclinado ao altruísmo, e a exposição colorida – maçãs vermelhas, peras douradas, enormes uvas brancas – quase me ofendia.

É necessário viver ali para compreender certas ações. Na existência comum nem atentamos nelas: são pequenos favores recebidos, anotados, pagos e logo postos no esquecimento; na prisão falta-nos meio de compensá-los, perdê-los da memória, sabemos isto, e as pessoas que nos obsequiam nem esperam compensação vindoura. Quando nos abrirem as portas, chegaremos à rua machucados, bambos, secos, acharemos a vida amarga, nos cansaremos facilmente, qualquer esforço nos parecerá vão. Se alguma coisa nos prender, serão resquícios dessa estranha solidariedade. Certamente eles nos acompanharão sempre.

Quem seria aquele homem, ou aquela mulher? Tería-me visto, falado, ou me distinguira ao acaso, folheando as listas da secretaria? Dois espantos sucessivos. O livreiro devia reputar-me um desconhecido, pouco mais ou menos. Algumas cartas, uma proposição, agora renovada inesperadamente. Mau emprego de capital. Romance desagradável, abafado, ambiente sujo, povoado de ratos, cheio de podridões, de lixo. Nenhuma concessão ao gosto do público. Solilóquio doido, enervante. E mal escrito. A edição encalharia no depósito, a amarelar, roída pelos bichos. Não se venderiam cem exemplares; repisei esta convicção, quis transmiti-la de novo ao editor, antes que ele se arriscasse.

A terceira e última surpresa me abalou em demasia, arrancou interjeições de raiva, incompreensíveis e desarrazoadas na opinião de Sebastião Hora. Tinham-se fechado os cubículos, anoitecia, os hinos e as canções já principiavam a mexer-me os nervos, interrompidos pelo cocorocó do português. Um guarda surgiu à porta, deu-me uma carta. Não a recebi, esperei que um dos companheiros a tomasse. Ninguém se moveu, o funcionário continuou de braço estirado. Perplexo, tomei o envelope. Era realmente para mim, rasguei-o, vi um cartão, a fotografia dos meus três filhos mais novos. Num assombro, olhei as figurinhas distanciadas por tantos sucessos imprevistos; devo ter ficado minutos sem nada entender, suspenso. Esqueci a presença de Hora e Sérgio, num instante as crianças me apareceram vivas e fortes: tinham deixado a praia, a areia branca de Pajuçara, feito longa viagem, transposto diversas grades — e estavam no cubículo 35. Uma delas usava boina, um laço de fita ornava os cabelos da segunda; as camisinhas leves deixavam à mostra as pernas afeitas às correrias ao sol; ao centro, o garoto carrancudo, com jeito de homem. Pouco mais ou menos me achei como um vidente de fantasmas.

De que jeito me haviam chegado aquelas almas do outro mundo? Se fiz a pergunta, não percebi durante algum tempo que a explicação se amarfanhava entre os meus dedos trêmulos. Recompus-me devagar, procurei debalde a carta. Nada. Examinei o sobrescrito. Nem selo nem carimbos do correio: alguém da minha família arriscara-se a meter a mão na engrenagem policial e deixara na secretaria aqueles retratos, sem nenhuma indicação. Quem teria sido o intermediário? Não atinei com amigo ou parente capaz de aceitar a incumbência. Um viajante animoso viera do nordeste, aproximara-se da ratoeira onde fervilhávamos, ouvíamos discussões, farrapos de línguas estrangeiras, sambas, hinos e o canto galináceo do português. Surdo a esses rumores, alheio à presença dos companheiros de célula, perdia-me em reflexões inúteis, mirando o cartão de quinze centímetros. Não me ocorreu observar-lhe o dorso: foi por acaso que o virei.

Distingui dez ou doze linhas a lápis, uma data, uma assinatura – e explodiu a cólera bestial:

– Que diabo vem fazer no Rio essa criatura?

Era uma quinta-feira, princípio de maio: algumas letras e algarismos me trouxeram de relance a noção do tempo esquecido. Minha mulher chegara e prometia visitar-me na segunda-feira, entre dez e onze horas.

– Que estupidez!

Percebi no aviso a ameaça de aborrecimentos e complicações inevitáveis. Imaginei-a pobre, desarmada e fraca, a mexer-se à toa na cidade grande, a complicar-se no aparelho burocrático, enervando-se nas antecâmaras das repartições, mal se orientando nas ruas estranhas, fiscalizada por investigadores. Nada me seria possível dar-lhe. E dela me chegariam decerto preocupações insolúveis, novas cargas de embaraços. Alarmava-me sobretudo o esgotamento dos recursos guardados no porta-níqueis. Às vezes retirava as notas escondidas no compartimento mais secreto, desamassava-as, contava-as, recontava-as e nessas operações assustava-me com frequência a falta de alguns mil-réis. Dois meses de cadeia. Sem a última linha escrita no verso da fotografia, esse tempo, decorrido em ambientes diversos, numerosos imprevistos a cortá-lo, me pareceria talvez mais longo. Realmente não me fixava nele, a adaptação rápida a qualquer meio fazia suportável a vida na Praça Vermelha e nos cubículos. Na rotina, as coisas desagradáveis – canções repisadas, mordeduras de percevejos, o grito do português – diminuíam, talvez acabasse por insensibilizar-me a elas. Quando me afastassem dali, me afligiria a ausência de alguns companheiros.

De fato, receava ser afastado; qualquer movimento anormal, chegada ou saída, me fazia pensar em viagens imprevistas para cá, para lá, envoltas em mistério, impossível adivinhar quantos dias, meses, anos, me separavam da liberdade; e, realmente, a ideia de ser posto na rua, sem armas, sem defesa, me causava arrepios. Medonho confessar isto: chegamos a temer a responsabilidade e o movimento, enervamo-nos a arrastar no espaço exíguo os membros pesados. Bambos, fracos, não nos aguentaríamos lá fora; a menor desgraça é continuarmos presos, inertes, descomedindo-nos em longos bocejos. Arrisco-me a falar no plural, mas na verdade ignoro se os outros se achavam também ociosos, designando-se à imobilidade e à sombra dos cubículos. Provavelmente não. Pesavam sobre mim condições particulares. O horror ao trabalho insípido, mecânico, às miudezas burocráticas. Dormência na perna, efeito do bisturi no hospital, a coxa e o pé da barriga insensíveis a beliscões e alfinetadas. E havia também aquele desalento, a enervação na carne e na alma, depois que, surdo ao aviso do faxina, me acostumara a beber diariamente dois canecos do café adocicado e enjoativo, com saibo de formiga. Ruína física e moral, ausência de energia e de membros. Em semelhante situação, a chegada imprevista de minha mulher me concentrava as últimas forças do organismo débil e a violência transbordava:

– Que estupidez!

Achava-me inútil: não serviria para nada à criatura. Para nada, para nada. Movia-me, talvez, menos a certeza de não poder auxiliá-la nas dificuldades e tropeços que o desaparecimento inexplicável dos desejos sexuais. Para nada, para nada. Repetia esta convicção obtusa. Nenhuma recordação amável. Lembrança de contas, ignóbil sujeição à ladroeira legal, covardia.

– Estupidez.

E a mesa de operações, o escalpelo, um médico indiferente a dizer: "Não adianta. Vamos fechar isto." Um páreo entre

Clemente Magalhães e dr. José Carneiro. Morrerá, viverá? Clemente afirmava, dr. José Carneiro negava, queria, chateado, coser aquilo e mandar-me logo para o necrotério. Afrânio Jorge me segurava a cabeça e não consentia o homicídio:

– Porque não cortam logo isto, dr. Afrânio? Porque me rasgam à unha?

– É que a artéria femural está descoberta, meu filho. Se metessem o canivete, você era um homem perdido.

Horrível saber anatomia. Se Afrânio não me tivesse dito aquilo, me deixaria tranquilamente operar, morreria ou viveria, confiado na ciência. Não morrera. Dr. José Carneiro fora pago, indevidamente, na minha opinião. Quarenta dias numa cama, um tubo de borracha atravessando-me o ventre, o coração fatigado a subir, a descer, padre José Leite velando, oferecendo-me livros, contando, para entreter-me, histórias de Rodrigo Bórgia. Colapso de uma hora. O coração velho ia aquietar-se, dias longos de névoa, Mário Marroquim a discutir política, só. Minhas primas Alena e Lica sussurravam. Alena me estendia o braço:

– Tome.

– Agradecido.

– Tome. Doente não tem vontade.

– Bem.

Recebia a xícara e bebia, sensível à brutalidade generosa. Um livro em cima do colchão, um homem loquaz a fatigar-me, alheio aos meus desesperados esforços para entendê-lo.

Sombras, nuvens, escuridão, um relógio fanhoso a bater, cochichos, o deslizar de vultos amarelos, bichos moles e fosforescentes enroscando-se. Era o que me vinha ao pensamento. Desagregação, um tubo de borracha furando-me as entranhas. A dorzinha no lugar da operação, o torpor na coxa faziam-me ouvir de novo as pancadas do relógio, gritos e gemidos na enfermaria dos indigentes, tinir de ferros na autoclave. Depois a convalescença, a vida estreita, a composição de um romance na sacristia de uma igreja do interior. A garota que ali estava no cartão, de pernas à mostra e fita no cabelo, nascera quando se findava essa história rude e agreste. Dois filhos gêmeos — uma criança viva, de olhos claros, e um fazendeiro rijo, assassino e ladrão. Rememorar isso não me dava prazer. Existência vã, fastidiosa, canseiras, eternas desavenças conjugais, absurdas e inevitáveis. Regressar àquilo, afundar outra vez na água espessa, amarga.

— Que estupidez!

A frase repetida me agravava o desalento. Os hinos e canções esmoreceram, morreram, o silêncio caiu, perturbado pela marcha regular do guarda na plataforma. Sérgio desviou-se de mim. Discreto, alongou-se na cama e adormeceu logo. Sebastião Hora observava-me, curioso, a agitação. Exibi a fotografia, indiquei o aviso a lápis:

— Que diabo vem fazer aqui essa mulher?

Hora arregalou os olhos, num assombro: eu devia estar satisfeito, sem dúvida. Resmunguei uma tentativa de explicação, desisti: não me compreenderia, naquele momento com certeza pensava horrores de mim. Egoísta, ingrato, ideias deste gênero, pouco mais ou menos. Percebi-lhe no rosto uma longa censura e não tentei desculpar-me. Em vão me irritaria, sem conseguir expressar o desarranjo imenso. Nem eu próprio me entendia. E desgostava-me expor aos outros as minhas desgraças interiores, ver nas fisionomias traços de piedade superficial. Encolhi-me, sentado na cama, a acender cigarros, verrumando o futuro, revolvendo o passado, numa confusão. Impossível dormir.

capítulo 12

SEGUNDA-FEIRA pela manhã vieram chamar-me à secretaria. Arranjei-me à pressa e desci, escorreguei entre os magotes que fervilhavam ao rés-do-chão, transpus o vestíbulo, achei-me no pátio arborizado. Aquela hora os pardais se escondiam nas ramagens curtas e mofinas, educadas a tesoura. Passei diante da rouparia, vi à direita a casa onde, no meio de redes e malotes, o sujeito de fala turca havia querido forçar-me a adotar uma religião. Para ali me encaminharam. De longe, num dos bancos largos, conhecidos no dia da inquirição enfadonha, bocejada, avistei minha mulher a renovar o choro manso, tranquilo, da silenciosa despedida, na estação da Great Western. Resolvera-me a censurar a viagem precipitada, mencionar embaraços e tropeços, insinuar a conveniência de regresso imediato à província. A raiva e o desatino causados pelo súbito aviso em alguns dias se haviam decomposto, substituídos por uma expectativa ansiosa. Agora temia ofender a criatura: não lhe jogaria a exclamação e a pergunta do solilóquio brutal. Um conselho, apenas: era necessário voltar, voltar logo. A presença dela não serviria para nada, esforçara-me por arranjar meio de explicar-lhe isto sem molestá-la. O pranto silencioso me baralhava as ideias, consumia a resolução.

Enxerguei ali perto um vulto de homem, esboçaram-se nele vagamente as feições de Luccarini. Aproximei-me, numa confusão vagarosa, a duvidar dos meus olhos, perguntando se era de fato Luccarini que se levantava para receber-me, junto a minha mulher, e não achei palavras, com certeza fiquei algum tempo a jogar monossílabos a um e a outro. Sentamo-nos; o princípio da conversa mecânica atabalhoou-se.

— Por aqui, seu Luccarini?

Esta frase impõe-se, mas não me lembro dela, e a resposta se obliterou. As lágrimas fáceis desciam leves na brancura sem rugas; nenhuma contração indicava esforço interior; evidentemente o diafragma baixava, subia, normal; as glândulas funcionavam como torneiras frouxas.

— Que tolice! — murmurei aflito com aquele choro bem comportado, isento de soluços.

Os conselhos forjados com vagar atropelaram-se, fugiram, achei-me vazio, incapaz de resistência, deixando-me colher nas malhas de um embuste sentimental, reconciliando-me de chofre, a inutilizar num minuto as aparências de firmeza compostas em dois meses. Íamos resvalar na familiaridade, tentar uma conjugação improvável: estaríamos em breve a semear desgostos na vida chata, a ofender-nos à toa. Nenhuma censura velada, consenso implícito, apenas a observação chocha:

— Que tolice!

As goteiras pouco a pouco estancaram, na umidade brilhou um raio de sol pálido. Informava-me precipitadamente e recebia pedaços de notícias, de um e de outro lado; não conseguia fixar a atenção e voltava a indagar. Interessava-

-me saber como a pobre arranjara meio de viajar e surpreendia-me ver Luccarini em companhia dela. Veio a calma, estabeleceu-se a palestra regular. A absurda visita de Luccarini me sensibilizava. Coitado. Tivera-me forte birra. Impontual no serviço, despropositara comigo uma vez, na presença dos funcionários:

– Eu também já mandei. Mas quando precisava dizer a alguém isso que o senhor me está dizendo, chamava o sujeito de parte e repreendia-o em voz baixa.

Desde então era o primeiro a chegar, o último a sair. Sentava-se à banca e não fazia nada. Irritava-me a pontualidade malandra. Se me via na rua, fechava a cara, voltava a cabeça.

Vários meses de ausência com os vencimentos integrais haviam-me parecido vantajosos: livrava-me por algum tempo daquele trambolho. Finda a licença, renovara, entrara-me no gabinete:

– Venho agradecer e ver se pago o favor que lhe devo. Leia isto.

Era um relatório em meia folha de papel. De acordo com as observações dele, feitas no Recife, tínhamos reorganizado o registro das escolas e a estatística. Agora ficávamos às vezes na repartição até meia-noite, eu a pezunhar no meu romance encrencado, Luccarini a escriturar fichas, a compor em nanquim, numa letrinha miúda, a história pública das professoras. Saíamos quando o guarda nos vinha dizer que iam fechar o portão do Palácio. Imprevista camaradagem. Meses atrás eu o julgava um preguiçoso, ele me supunha uma besta cheia de fumaças, de vaidadezinhas cretinas. Virava-me o rosto, e fazia bem. Tínhamos errado. A inteligência e a capacidade de trabalho de Luccarini espantavam-me. Para que servia isso? Estávamos ali, sentados num banco, na Casa de Detenção, na capital grande, sem achar palavras, ele arrasado, filhos pequenos a ameaçá-lo de longe, cheios de necessidade, eu a resmungar sílabas idiotas:

– Obrigado, seu Luccarini. Muito obrigado. Para que veio? Ora essa!

Realmente, para que tinha vindo? Não poderíamos reconstituir o registro e a estatística. Luccarini se abatia. Os meses de licença não lhe tinham servido, estava arriado e bambo, doente, sempre doente, desejando fazer coisas impossíveis. A sinusite persistia, necessária nova operação. Perdida a confiança nos médicos pernambucanos, desesperado apelo aos cirurgiões do Rio. No meio de atropelos sem conta, as economias e as esperanças a minguar, lembrara-se de ver-me, dirigira-se à polícia. Arriscara-se debalde, mas soubera da entrevista de minha mulher naquela segunda-feira pela manhã, fora esperá-la à porta da cadeia e conseguira entrar fingindo-se meu parente.

– Obrigado.

E algumas frases sumidas, a atrapalhar-se, em balbúrdia. Não havia jeito de expressar o meu reconhecimento. Preocupava-me ver que ele se expusera cometendo uma fraude para chegar ali; isto poderia causar-lhe desgostos. Imprudência ter vindo.

As palavras de minha mulher abalaram-me. Consumira-me a julgá-la enfrentando obstáculos invencíveis. Mocinha exígua, criada em rua modesta de capital vagabunda, com certeza se atarantava na cidade grande, encolhia-se muda. Enganei-me. Estancado o pranto leve, enxutos os olhos, fez um resumo dos seus atos, na aparência convicta de uma aprovação que não existia em mim. Ofereci-lhe concordância tácita. Que havia de fazer? Tudo aquilo era disparate, mas estava realizado e tornei-me cúmplice dele.

A criatura tinha vendido os móveis e o resto, cedera tudo às cegas e naturalmente se embrulhara. As suas contas andavam sempre numa complicação. O dinheiro tinha para ela uma significação muito relativa. Ouvindo-a, inteirava-me daquele negócio. Compreendia que estávamos pelados, reduzidos à penúria. Bem. Não valia a pena discutir. As nossas desavenças não tinham base econômica: a causa ordinária delas era um ciúme desarrazoado que a levava ao furor.

Naquele momento os dissídios malucos distanciavam-se, esbatiam-se, e as nossas relações se adoçavam. Inclinava-me a concordar, perceber na mulher energia e resolução, qualidades imprevistas a revelar-se na hora difícil. Parecia-me estimar o perigo e o desconforto, dava-se bem com as mudanças, o movimento, possuía o instinto da direção, começava a gravar na cabeça o mapa do Rio, e isto era indelével. Tinha sangue de cigano, provavelmente. Essa capacidade estranha de orientar-se, como observei depois, de algum modo a aproximava também dos ladrões. Desconhecida e insignificante, iniciara em seu favor um trabalho de aranha, estendendo fios em várias direções, e ainda hoje não sei se a impelia o desejo de me ser útil ou o prazer de mexer-se, avançar, recuar, preparando a sua teia. Hospedara-se em casa de uns tios, no Méier. Estivera no Ministério da Guerra, no Ministério da Justiça, no Palácio do Catete, na Chefatura de Polícia, falara a deputados e a generais, largava rápido a língua do nordeste e começava a adotar uma gíria burocrática singular, enganando-se às vezes no sentido de algumas expressões. Estabelecera rapidamente comunicação com a família de José Lins. Entendera-se com José Olímpio e combinara com ele mandar buscar por via aérea uma das cópias do romance. Aquela hora a papelada estava decerto voando para o Rio.

Essa confirmação da proposta que Rodolfo me trouxera da Polícia Central, na semana anterior, sobressaltou-me. Era-me indispensável rever aquilo, emendar os erros cometidos pela datilógrafa. E erros meus também. Temeridade a publicação. Tencionei contrabandear os papéis, corrigi-los antes de serem remetidos à tipografia, mas afastei logo a ideia. Com a fiscalização rigorosa, não conseguiria recebê-los. E se entrassem, não sairiam. Agildo Barata e outros andavam sempre a redigir misteriosos resumos das longas discussões murmuradas nos fundos do cubículos; folhas de almaço acumulavam-se. De repente um boato surgia, tomava corpo: iam dar busca ao Pavilhão. Ignorávamos donde vinha a notícia, badalada com certeza. Afinal a ameaça não se realizava: esmorecia, dissipava-se, deixando no solo montes de cinza. Trabalho perdido. Quem teria semeado as notícias alarmantes? Agildo Barata e Sisson não desanimavam, escreviam sem cessar.

A correspondência com pessoas insuspeitas lá fora engordava debaixo dos colchões; emagrecia à hora das visitas: cartas e relatórios, escondidos em bolsas de mulheres, passavam as grades, espalhavam-se em ônibus e bondes, chegavam à Câmara dos Deputados. Nova balela, novo escarcéu, baldava a matéria semanal dessa fadiga sub-reptícia: papéis queimados, carvões leves pulverizando-se no chão vermelho. As minhas notas difíceis acumulavam-se na valise. Não me resolvera a inutilizá-las. Pouco me importava que as vissem. Indiferença. Resistira, esperara que as viessem descobrir e inutilizar; persistiam, mal escritas, a lápis, em cima do guarda-vento, narrando a figura burlesca do general, as conversas longas de capitão Lobo, a asfixia no porão do Manaus. Preguiça. Não me arriscaria a trazer para o cubículo, por intermédio de minha mulher, o romance falho. Embora ele valesse pouco, era-me desagradável perdê-lo. O original e a outra cópia recomendada existiriam? Afinal o romance valia pouco.

Sería-me talvez possível, com dificuldade, fazer outro menos ruim. Ali a personagem central estava parada, revolvendo casos bestas, inúteis: um sujeito a aporrinhar-se porque uma fêmea safada lhe fugia das garras, outro a encher dornas, uma criatura cansada a lavar garrafas. Onde me haviam aparecido aquelas duas figuras, um homem triste a encher dornas, uma mulher a sacolejar-se em ritmo de ganzá? Bem. Anos antes, quando eu metia preposições em telegramas, consertava sintaxe na Imprensa Oficial, via lá embaixo, sob um telheiro, o indivíduo magro a mover-se entre pipas, a encher domas, a mulher sacudindo-se, lavando garrafas. Perto, montes de lixo e cacos de vidro. Essas coisas se repetiam no livro com insistência irritante. Inconveniência imprimi-las, fazê-las circular sem as emendas necessárias.

Falei do bilhete confiado ao investigador, no carro da Great Western, do conto deixado na gaveta no dia da prisão. Conforme eu pedira, essa história capenga fora remetida a Benjamin Garay, que a lançaria em jornal de Buenos Aires.

– Há uma cópia disso?

Havia.

– Bem. Dá essa droga a José Lins, depois que ela aparecer em espanhol. Vamos ver se ele arranja publicação numa revista daqui. Sempre são alguns cobres.

Arriscava-me. Mais tarde, lá fora, endireitaria aquela miséria e a exibiria de novo. Remoí a proposta de José Olímpio. O conserto do romance, no futuro, estava excluído, pois ele nunca se reeditaria: a convicção de que não se venderiam cem exemplares cada vez mais se firmava. Prejuízo certo para o editor. Eu o tinha prevenido. Enfim me resignava a aceitar a proposta, os recursos minguavam no porta-níqueis, impeliam-me à temeridade. Que se havia de fazer? Esse acordo se estabeleceu por gestos e monossílabos, entre assuntos baralhados.

Afastei com enjoo as notícias de Alagoas. Os meninos gozavam saúde, o resto não me interessava. Esse encontro me deixou impressão de balbúrdia. O choro perturbou-me em excesso, muitas informações se atrapalharam, difíceis de entender; indispensáveis as repetições.

Findou a meia hora de visita, o guarda se aproximou. Furtamos ainda alguns minutos na despedida. Recomendei a minha mulher que procurasse os editores Schmidt e Gastão Cruls, e recebesse o dinheiro relativo aos direitos autorais dos meus dois primeiros romances.

Abraços, novos agradecimentos a Luccarini, coitado. Não nos tornaríamos a ver. Pouco depois o infeliz amigo iria acabar-se em penúria, como se esperava.

capítulo 13

NAQUELE dia a comida veio muito ruim, de aspecto mais desagradável que o ordinário. No caixão, ao pé da grade, empilhavam-se os pratos – e o alimento se comprimia formando uma pasta onde se misturavam carne, peixe, arroz e batatas esmagadas. Entramos na fila, passo a passo nos avizinhamos dos faxinas ocupados na distribuição, recebemos a boia enjoativa e a sobremesa: uma laranja murcha, uma banana preta, meio podre.

Afastei-me, pegando a louça imunda, a sentir nos dedos grãos machucados e gordura, subi os degraus de ferro. Lá em cima iria repetir-se a dificuldade comum nas refeições. A falta de mesa ou cadeira, forrávamos a cama com jornais guardados para as tochas com que se queimavam os percevejos. Evitávamos assim o contato da coisa repugnante com as cobertas. Mas a imprensa ali era clandestina, só tinha livre curso à noite, nos resumos badalados pela Rádio Libertadora. Minguava o papel – e, depois da queima dos insetos, procedíamos como bichos, segurando a comida, num embaraço horrível.

Naquela tarde, no cubículo, antes de lavar as mãos besuntadas, ouvi perto uns gritos finos. Cheguei-me à porta, vi a pequena distância Agildo Barata no passadiço, junto aos varões do parapeito, formulando uma arenga bastante arrepiada. A voz álgida não se detinha, derramava-se num fio invariável. Escutando-o, às vezes me assaltava a doida impressão de que o regato sonoro deixava de correr, era gelo cheio de arestas cortantes, onde se assanhavam aranhas caranguejeiras e outros viventes da umidade. Também me vinha à ideia um miar de gato comedido, vagaroso, a esconder mal as garras. Esses disparates — água tranquila, gelo, caranguejeiras, gatos — associavam-se, emprestando a Agildo uma personalidade estranha, complexa em demasia. Agora estava a alguns metros, na plataforma, escorrendo um protesto de maciez aguda. Calou-se — o ato surgiu. A corrente fluida estancou, exibiram-se os cristais do gelo, os olhos maus da caranguejeira e as unhas do gato.

O caso era simples. Tínhamos em vão, por intermédio do Coletivo, reclamado talheres; surda à exigência, a diretoria supunha que nos bastava uma colher. Não nos deveríamos conformar, achava Agildo alinhando frases suaves e resolu-
[illegible]s. Como as nossas razões não tinham produzido efeito,
[illegible]inha, no parecer dele, adotarmos a última. Finda a expo-
[illegible]rta, jogou o prato cheio no pavimento inferior.

[illegible]e tempo de pensar. Entrei na célula, apanhei o jan-
[illegible] arremessei-o por cima do parapeito. Mais tar-
[illegible]ta me verrumou: como sucedeu que, tendo
[illegible]minha ação — entrar no cubículo, apanhar a
[illegible]gada no andar térreo — diversas criatu-
[illegible] mesmo anteriormente? Acompanhei
[illegible]dosa manifestação. Figuras ativas

apareciam nas soleiras; de toda a parte, em cima, embaixo, projéteis saíam, rebentavam com fragor no cimento. Avolumaram-se depressa as ruínas; houve silêncio – e fiquei longo tempo debruçado à viga negra do parapeito a indagar como o excessivo estrago se tinha realizado e quais seriam as consequências dele. Estranho contágio: a inesperada proposta se erguera, breve, firme, crespa, aceita sem exame, por unanimidade.

Esquisita pessoa, Agildo. Minguado, mirrado. A voz fraca e a escassez de músculos tornavam-no impróprio ao comando. A sua força era interior. Dizia a palavra necessária, fazia o gesto preciso, na hora exata. Economizava ideias e movimentos. Para utilizá-los com segurança; moreno, rosto impassível, tinha uns bonés de esportista japonês: ligeiro desvio, avanço ou recuo oportuno assegurava-lhe a vitória. Preso, dirigira a sublevação do 3° Regimento, e tão bem se comportara que, após breve luta, estava no cassino, vigiando os oficiais legalistas vencidos. Faltava um major, e ninguém dera pela ausência dele: provavelmente sucumbira na peleja. Súbito o desaparecido invadira a sala, gigantesco, chegara-se ao carcereiro, uma pistola em cada mão. Às desvantagens naturais Agildo somava então inconvenientes acessórios: apanhavam-no de surpresa, sentado, via um sujeito enorme, em pé diante dele, manejando armas.

"Estou frito", dissera por dentro. E levantara-se para morrer. O colossal major, rubro e afobado, largara as duas pistolas em cima de uma banca e expressara-se veemente:

– Rendo-me. Contra a força não há argumento.

Bem. O convite nos achava predispostos à bagunça, à desordem. Ninguém se lembraria de fazer tal coisa, mas a incitação nos impelia ao ato correspondente aos nossos desígnios íntimos e apresentado como necessário e justo. Na verdade não recebíamos insinuação: havia ali uma equivalência de mando. Espantei-me depois, tranquilo e em pleno juízo, da facilidade com que havíamos obedecido ao homem fraco, isento de aparências convenientes. Andava entre nós, imperceptível, mesquinho, e revelava-se de chofre, dominador. Por quê? Revolvi os miolos indagando a causa do poder tão inesperadamente revelado, julguei enxergar uma clareira no fato obscuro. Segundo imaginei, Agildo conseguia discernir a alma alheia. Individualmente isso não constitui nenhum dom especial. Em convivência prolongada, as caras das pessoas, uma ruga, piscadelas, sobressaltos, lábios contraídos, sorrisos, palidez, rubor, ligeiros sinais quase indistintos, conjugam-se, combinam-se com situações anteriores, oferecem-nos a instantânea percepção de sentimentos e pensamentos. Não se tratava disso. Pareceu-me que o sujeitinho moreno e exíguo possuía a qualidade rara de apreender num instante as disposições coletivas; rancores indeterminados, esperanças, receios, desejos, comprimidos nos subterrâneos das consciências, chegavam-lhe às antenas.

Esse radiotelegrafista recebia estranhas comunicações, relacionava-as, concluía, marchava direito a um fim desconcertante: ignorávamos tudo e, surpresos, executávamos ordens, mas isto era tão normal, tão razoável, como se nos dirigíssemos pelas nossas cabeças. Tudo estava em regra, não nos poderíamos comportar de outro modo. Apenas ninguém havia pensado nisso, era preciso alguém articular vontades bambas e aspirações vagas, usar esses elementos esparsos e instáveis com segurança. Do material gasto pela ferrugem da cadeia saía obra coerente.

Em seguida àquela explosão, ninguém mostrou arrepender-se: era como se houvéssemos realizado um projeto. Não iríamos, por fraqueza, responsabilizar o capitão moreno de voz frágil: ele apenas descobrira as nossas tendências, empregara o meio conveniente para transformá-las em ação. Reside nisso talvez o domínio que certos indivíduos exercem sobre a turba; o seu prestígio vem da faculdade quase divinatória de conhecer aspirações e interesses escondidos, juntar grãos de pólvora derramados nos espíritos, chegar-lhes um fósforo em cima. Certo não nos mexermos à toa: o mais longo discurso incendiário, profuso de razões, não ressoa cá dentro – e permaneceremos calmos, frios; meia dúzia de palavras curtas nos arrastam.

Debruçado ao parapeito, descuidava-me a observar os faxinas que recolhiam destroços no rés-do-chão. As vassouras chiavam no cimento, os cacos tiniam. Dançavam-me na mente as consequências da nossa brutalidade. Com certeza nos iriam dar comida em horríveis marmitas de folha, como as do porão do Manaus. Nos privariam das visitas, da correspondência, do banho de sol. E os estrangeiros seriam os mais lesados; transferência de Rodolfo Ghioldi, Sérgio, Birinyi, Benjamin Snaider para as galerias.

Anoiteceu. Fui dormir imaginando castigos e aviltamentos. Nada veio. No dia seguinte, à hora do almoço, a grade se descerrou como se o acontecimento da véspera não tivesse nenhuma importância; a refeição, menos ruim que as habituais, surgiu em louça nova. As colheres velhas e ordinárias haviam desaparecido. Junto aos sacos de laranjas e bananas percebi uma grande caixa. Abriram-na. E na distribuição da comida ofereceram-nos talheres decentes.

capítulo 14

POUCO depois de nos haverem chegado os fugitivos do Pedro I – Sisson, Desidério, Ivan – presos ao cabo de horas de liberdade precária, uma estranha personagem surgiu no Pavilhão. Antecedera-a a grande fama. Organizador de mérito singular, altamente colocado no Partido Comunista, homem de saber e tato, viera do campo; notabilizara-se pela experiência conseguida no interior. Aliando a teoria à pratica, subira rápido. Um dos mais notáveis influentes na sublevação de 1935.

Achava-me desejoso de conhecê-lo. Ouvia quase diariamente as palestras de Rodolfo, espalhadas em geral sobre toda a América do Sul, e interessava-me escutar o dirigente nacional: com certeza nos apresentaria o Brasil, bem conhecido em lentas observações, nas viagens e fugas arriscadas. Em seguida ao panorama, vinham dar-nos o pormenor. Esse indivíduo me acirrava a curiosidade. Chamava-se Miranda. O verdadeiro nome era Antônio Maciel Bonfim, mas na vida ilegal adotara o pseudônimo, vulgarizado na prisão, e por ele o conheciam. Veio doente, consequência de maus tratos recebidos na Polícia Central, e ficou algum tempo na enfermaria, a sala à esquerda, além da grade. Isso desenvolveu a simpatia curiosa das células e indignou-as: nunca os métodos brutais da reação, pareceram, invisíveis e ampliados, tão bárbaros. Ferimentos vários cicatrizavam à nossa vista e não nos sensibilizavam, as próprias vítimas pareciam esquecê-los. As torturas infligidas a Miranda, arriado numa cama ali perto, conjugavam-se a aventuras e perigos, romantizavam-no, quase o glorificavam. Tínhamos enfim matéria suficiente para um esboço de herói.

Pouco durou a expectativa, correram dois ou três dias, e o mistério desfez-se: a anunciada figura abandonou o choco e surgiu de repente na Praça Vermelha. Era um rapaz forte, de bonita cabeleira e olhos vivos, alegre, risonho, falador. Sem paletó e sem camisa, exibia no peito e nas costas indícios vagos dos tormentos referidos: ligeiras equimoses, traços azulados a custo perceptíveis. Essa exposição me intrigou. Sérgio me dissera que lhe haviam magoado e ensanguentado os pés, mas falara meio indiferente, como se aquilo fosse um caso alheio. As unhas de Benjamin Snaider tinham caído, nasciam outras: sabíamos a causa e guardávamos silêncio. Assunto realmente desagradável. Ninguém se inferiorizava lembrando as violências animais; seria absurdo, porém, imaginar uma pessoa vangloriar-se com elas. Víamos agora um sujeito alardear os sinais do vilipêndio, tão satisfeito que supus achar-se entre nós um profissional da bazófia. Aquela impudência me revoltou, especialmente por não enxergarmos no corpo do homem coisa merecedora de ostentação. Enjoei num instante a nossa piedade, fácil e imaginosa: estivéramos a conceber suplícios longos, requintes de malvadez, agulhas penetrando carnes, nádegas queimadas a maçarico, e aparecia-nos uma criatura jovial, buliçosa, a envaidecer-se de pequenas manchas azuis, traços insignificantes na pele clara.

Aquela ninharia acanalhava os suplícios. Desidério também apresentara no busto nu lanhos vermelhos, vestígios do chicote, mas não afetava prazer nisto: descobria-se por não aguentar pano em cima dos ferimentos. O novo companheiro nos insinuava a ideia de singular exibicionismo. Convenci-me por fim de que isso não é raro: à míngua de títulos, revolucionários bisonhos chegam a converter as marcas afrontosas em honrarias, equiparam-se provavelmente a guerreiros feridos. A princípio essa confusão de valores nos atordoa, afinal nos habituamos. É possível, afirmaram-me, conseguir-se o estigma artificialmente. Comprime-se a pele, em continuados beliscões, e provoca-se a hemorragia superficial necessária às equimoses prolongando-se o exercício, despontam linhas róseas, avivam-se, estendem-se, cruzam-se numa viva carta geográfica onde se estampam os vestígios de golpes inexistentes.

A impressão que Miranda me deixou persistiu e acentuou-se no correr de dias: inconsistência, fatuidade, pimpanice. Vivia a mexer-se, a falar demais, numa satisfação ruidosa, injustificável. Incrível haver ganho fama, inspirado confiança e admiração. Com o tempo deixei de espantar-me, julguei entrever o mecanismo que impulsiona esquisitas celebridades vazias. O louvor de várias formas, em vários tons, cargas sucessivas de elogios, impressionam a massa, levam-na a enxergar numa personagem a grandeza conveniente. Virtudes escassas aumentam, desenvolvem-se até o absurdo, os defeitos esmorecem, obliteram-se. Prepara-se desse modo uma personagem destinada a figurar como síntese de qualidades alheias, voluntariamente ocultas.

É um cabide onde se penduram os trabalhos de um organismo completo; nele se refletem a coragem, a firmeza, o talento, a paciência dos outros. As ações dispersas do conjunto agregam-se, tomam corpo, individualizam-se – e isto lhes empresta autoridade. Supondo enaltecer uma pessoa, estamos na verdade a exaltar o grupo. Em público, medido, pesado, a expor falhas no comício e no jornal, facilmente um sujeito desce do pedestal onde o colocaram. Na ilegalidade, envolto em mistério, é possível aguentar-se, esconder insuficiências, cultivar algum mérito. O essencial é desconfiar das lisonjas, representar de olhos abertos e com sangue frio o seu papel de símbolo; se se atribui valores duvidosos, se se enche de soberba, pode rebentar como um pneumático.

Iria provavelmente acontecer isso a Miranda. O seu primeiro discurso, fluxo desconexo, me surpreendeu e irritou. Depois das palestras sérias de Rodolfo, aquilo fazia vergonha, uma palavrice infindável, peca, de quando em quando interrompida com uma frase boba, transformada em bordão: "Isto é muito importante." Em vão buscávamos a importância, e o aviso tinha efeito burlesco. Ausência de pensamentos e fatos, erros numerosos de sintaxe e de prosódia. Essas incorreções não se deviam apenas à ignorância do orador, realmente grande. O singular dirigente achava que, para ser um bom revolucionário, lhe bastava conhecer o ABC de Bukharin. Solecismos e silabadas também se originavam de um preconceito infantil em voga naquele tempo: deformando períodos e sapecando verbos, alguns tipos imaginavam adular o operário, avizinhar-se dele. Sentiam-se à vontade usando a estúpida algaravia: isto lhes facilitava a arenga e encobria escorregos involuntários, impingidos por conta da linguagem convencional. Esnobismo de algum modo semelhante ao dos nossos modernistas, vários anos no galarim, a receber encômios deste gênero: "Como eles sabem escrever mal!"

Miranda sabia dizer tolices com terrível exuberância. Se lhe faltava a expressão, afirmava a torto e a direito, desprezando o contexto, vago e empavonado. "Isto é muito importante". Isso me incomodava e aborrecia, pois aquele animal do interior, sertanejo baiano, estava assim vazio, não tinha nada para comunicar-nos além da importância cretina? Larguei o discurso antes do fim, outros o abandonaram. Mas a loquacidade rumorosa continuou dias e meses, aflitiva.

Adolfo Barbosa tinha deixado o rés-do-chão e residia agora em cima, no cubículo 50, o último à direita, pegado à sala 4. Essa vizinhança das mulheres o decidira a transferir-se. Instalando-se, pusera a cama atrás do guarda-vento e, defendido por ele, escavacara a parede a faca ou tesoura, e persistente, conseguira abrir um buraco no tijolo delgado e avistar-se com Valentina. Era uma abertura circular de poucos centímetros, que peças de roupa disfarçavam, pendentes num prego. No outro lado, igual disfarce. Evitava-se a indiscrição dos faxinas e guardas; enquanto ali vivi, nenhum suspeitou do tráfego irregular. Algumas pancadas no muro, e afastavam-se as máscaras de pano, estabelecia-se a cavaqueira. Fui apresentado assim a Valentina, ou antes a pedaços dela. Numa cerimônia bastante ridícula, o marido, junto a mim, indicou-me gastando amabilidades, e através do pequeno túnel enxerguei um olho, brancura de pele, uns beiços muito vermelhos.

Esse comércio clandestino encheu as horas de Adolfo. Pálido, feio, prognato, isolava-se numa delicadeza excessiva e entregava-se à leitura. Dissidente, considerado trotskista, fugia às discussões, aos banhos de sol, ao jogo de xadrez, simulava não perceber remoques e grosserias. Anteriormente subia com frequência o parapeito sem descalçar os tamancos, passava à janela num pulo ágil, segurava-se aos ferros da grade chamava a companheira e embrenhava-se em dissertações políticas. Já não precisava adotar esses difíceis exercícios de macaco intelectual. Arredava a cama, dava algumas palmadas na caliça, retirava do prego a toalha, agachava-se nos travesseiros e caía na prosa. Isso o indenizava de guardar compridos silêncios, ouvir picuinhas de garotos, ver na fila da comida fisionomias hostis. A inimizade coletiva não impediu aproveitarem-lhe a invenção. Rodolfo Ghioldi às vezes me atraía ao fim do passadiço:

— Amigo, peça ao Adolfo que se retire. Eu preciso falar à Cármen.

Inteirado, o inquilino sumia-se discreto; Rodolfo entrava na célula, escondia-se atrás do guarda-vento, dava o sinal, instantes depois entretinha-se com a mulher num cochicho espanhol. Depressa Miranda invadiu o segredo e o cubículo. Insinuava-se familiar, chegava ao locutório miúdo, chamava Elisa Berger, desdobrava-se em conceitos num francês vagabundo. Coisas imprecisas, indigência interior, o cacoete repisado a substituir expressões inacabadas na língua estranha: "*C'est très important.*"

Conversava também com Eneida. Realmente não era conversa, era ensino: com autoridade, aprumo e abundância, desenvolvia teorias colhidas no ABC de Bukharin; deixando essas alturas, explicava o meio de se aproveitarem na luta as mulheres e as crianças. Aí não deixava de afirmar convicto:

— Isto é muito importante.

A imensa frivolidade e a pavonice alegre sumiram-se um dia — e julguei de relance distinguir o avesso daquela natureza. Era noite, haviam trancado os cubículos, a Rádio Libertadora funcionava. De repente, modificação no programa: uma rapariga entrava na sala 4. Dada a notícia, o locutor, segundo o costume, se animou e exigiu:

— Uma salva de palmas à companheira Fulana.

O entusiasmo vibrou, em conformidade com a exigência, acalmou-se, resolveu aguentar os percevejos e dormir. De repente a voz de Miranda se elevou, oferecendo-nos a seguinte informação:

– Essa novata é uma que na vida ilegal se chamava...

E atirou-nos a alcunha da recém-chegada. Uma interjeição de pasmo ecoou. Com todos os diabos! Uma criatura cheia de responsabilidade largava tal denúncia a estranhos, aos faxinas e aos guardas. Sim senhor! Leviano apenas? Afastei essa fraca atenuante. As maneiras desagradáveis do homem, a desfaçatez, a exibição dos golpes infamantes, as arengas vazias e palavrosas, ligavam-se à coisa recente, convenciam-me de que não nos achávamos diante de um simples charlatão. Em quem deveríamos confiar? Felizmente aquele se revelava depressa.

capítulo 15

AS VISITAS de minha mulher durante algum tempo quebraram a monotonia da prisão e ligaram-me com inesperados laços ao exterior. Uma vez por semana trinta minutos nos aproximavam na secretaria. Separados, nos bancos, tentando esconder-se em vão, casais segredavam. Impossíveis as efusões conjugais. No espaço exíguo e no tempo minguado, falavam graves, numa atenção concentrada, remoendo assuntos para que não se perdesse nenhuma palavra. As mulheres funcionavam como agentes de ligação, traziam notícias minuciosas, levavam relatórios, cartas, recados. Naquela meia hora realizava-se uma prestação de contas, liquidavam-se tarefas, surgiam outras, das ninharias individuais às arrojadas combinações políticas.

Na cidade estirava-se uma cadeia invisível, da oficina ao quartel e ao Congresso. Engenheiros, médicos, advogados, oficiais do exército, conspiradores antigos de alguma forma comprometidos, relacionavam-se com o nosso organismo secreto, recebiam incumbências, avançavam no desempenho delas, sem arriscar-se muito. De tempos a tempos uma delação, mensagem duvidosa, bilhete em cifra — e um desses era agarrado, vinha mofar conosco, à sombra. Novos elementos se articulavam, na sala cheia de móveis uma desconhecida aparecia, familiarizava-se; crescia o número das portadoras de informações e pedidos.

As bolsas das mulheres se pejavam. O trabalho invariável das células, o fruto das longas discussões subterrâneas, redigidas com vagar, cada palavra ruminada ali desaguava, ia lá fora distribuir-se. Revistas improvisadas interceptavam frações da arriscada e numerosa correspondência; grande parte dissimulava-se nos vestidos, submergia-se na roupa íntima e escapava. Na rua, as incansáveis intermediárias, fugindo à perseguição dos investigadores que farejavam pistas, desdobravam-se ativas: iam para aqui, para ali, viravam esquinas, subiam e desciam elevadores, entravam em ônibus, saltavam, metiam-se em bondes, novamente mudavam, ingeriam-se nos cinemas, achavam sempre meio de entrar por uma porta e sair por outra. Chegando à casa, podiam examiná-las com rigor as fêmeas da polícia infiltradas no serviço secreto: os papéis tinham levado sumiço em vãos de portas, escadas, apartamentos, consultórios.

Impossível avaliar o trabalho dessas lançadeiras de estranha máquina de costura, bem azeitada, a funcionar sem rumor. Entre elas avultava Maria Barata, decidida e rápida, olho vivo, palavra fácil, engenhosa, fértil em expedientes. Percebendo-lhe a agilidade física e mental, podíamos esquecer o corpo gordo e moreno, o rosto vermelho, brilhante de suor, imaginá-la delgada e própria aos movimentos excessivos. Tinha feito um casamento razoável, casamento adequado. Pessoas resolutas e corajosas, mas eram coragens diferentes: Agildo frio, calculista, jogando os seus trunfos seguro, com oportunidade; Maria exuberante e explosiva, aceitando provocações e dando a resposta necessária, alheia ao perigo, desprezando consequências. O marido sutil, a enroscar-se na sombra, largando o bote na hora conveniente, elástico e venenoso; a mulher sempre visível, a andar firme e direto, a voz forte, impelida às resoluções violentas, numa alegria sã. Entendiam-se à maravilha.

Todos precisavam entender-se bem. Na meia hora resumida os casais segredavam notícias e resoluções, graves, atentos ao pormenor. A entrega dos envelopes exigia prestidigitação: ligeiros, diante de funcionários, deixavam as mangas dos presos, mergulhavam entre páginas de revistas, escondiam-se por baixo de lenços pequenos caídos no cimento. É possível que os guardas percebessem esses manejos e encolhessem os ombros com indiferença, não sendo obrigados a intervir; em alguns achei mais tarde cegueira voluntária e conselhos oportunos.

Minha mulher ambientava-se depressa, naqueles encontros semanais estabelecia com as outras uma camaradagem barulhenta. Expunha-me notícias de ordem geral e entrava logo nas informações particulares. Modificava-se no meio estranho a filha do reacionário pobre e inconsequente, apêndice da justiça, temente a Deus e ao tribunal. Ignorando política, alheia à questão das classes, a devotinha das procissões, amiga de escapulários, torcia caminho, solidarizava-se com as companheiras e entrava resoluta a colaborar no serviço postal clandestino. Sapecava-me observações desanimadoras. O homem da rua nos julgava com severidade imensa, aceitava sem exame balelas forjicadas sobre os rapazes do 3º Regimento, ampliava-as, estendia-as; enfim, nos considerava a todos uns monstros.

A pequena burguesia ainda se arrepiava, imaginando os perigos de que se livrara em noite de bombardeio e sangueira, e os vencedores lhe surgiam como heróis, a monopolizar a gratidão nacional. Um governo corrupto disfarçava as mazelas e restaurava-se, coloria-se de novo, expunha-se a luz favorável. Todos os meios de publicidade a articular-se contra nós, nenhuma defesa. Inteirava-me disso e pensava no desvario de sujeitos emperrados no otimismo, a sonhar conspirações, enormes forças mobilizando-se a nosso favor; lembrava-me do moço que ouvia, no silêncio da meia-noite, rajadas impossíveis de metralhadoras. As nossas esperanças cada vez mais se encolhiam; aniquilavam-se os interesses acesos pelos acordos sub-reptícios.

A minha situação não melhorava nem piorava. Ausência de processo, nenhuma testemunha; adiava-se, provavelmente não se realizaria o interrogatório longamente esperado. Minha mulher andava pelas repartições, a inquirir debalde; em falta de esclarecimentos, enviavam-na de um lugar para outro. Não se descobriam sinais de crimes, mas pelo jeito eles deviam existir em qualquer parte; me conservaria longe do mundo até que aparecessem. Essa reles inocência provisória de nenhum modo me satisfazia. No Pavilhão achava-me inútil, olhado com indiferença, talvez com algum desprezo. Recusara-me a fazer uma conferência, lançara no Coletivo propostas chochas facilmente arruinadas por Desidério; e ausente da massa, declarando-me artesão, incapaz de entusiasmos e amigo do internacionalismo, sentia fervilharem suspeitas em redor. Já um fanático me havia chamado trotskista. A ordem pública julgava-me inofensivo, tanto que nem me afligia com perguntas, mas não revelava o intuito de mandar-me embora. Não a censurei por isso. Comparando-me a outros, a Manuel Leal, ao beato José Inácio, admiti que para mim havia até certa benignidade. Não iria lamentar-me, por ser de índole, avesso a queixas e por enxergar no caso uma relativa justiça. Inimigos em chusma atacavam a sociedade, éramos cupim no edifício burguês e aplicavam-nos inseticida. A nossa prisão constituía evidência de numerosas ameaças à ordem; atribuíam-nos força e simulavam combater-nos; na verdade esmagavam-nos. Se nos soltassem, ponto final no embuste; o proprietário se indignaria vendo que o tinham alarmado sem motivo. Despojava-me de ilusões, resignava-me a encolher-me nos bastidores, comparsa anônimo e feroz, na opinião da plateia excitada.

Alheava-me disso e recolhia-me nas insignificâncias individuais. Um mês antes, de passagem pelo Rio, padre José Leite perdera alguns dias procurando avistar-se comigo; tentara vencer a resistência da autoridade jurando que eu não era comunista. Essa imprudência me comoveu e assustou. Se o meu excelente amigo tentasse de novo aproximar-se da ratoeira, se arriscaria a ficar nela. O extemporâneo juramento me surpreendeu. Por que se havia comportado assim? Busquei a razão, supus encontrá-la. Padre José Leite era um místico, uma espécie de santo, ligado por inteiro às coisas espirituais e eternas. Na pureza completa, na bondade anormal, enxergava talvez nos outros as suas qualidades. O mal existia, sem dúvida, mas era abstrato. O comunismo, um fato mau, ideia má, desligava-se dos homens, criaturas de Deus, pelo menos das pessoas conhecidas, em que padre José Leite se espelhava. Achava-me entre esses viventes, real e físico, à espera de um raio de graça; impossível distinguir em mim um comunista; o meu admirável refúgio de misérias do hospital firmava-se nesta certeza sem repugnância. Explicava-se o presente misterioso recebido um mês atrás. Lembrei-me das peras, maçãs e uvas espalhadas em cima da cama, do endereço no papel róseo, formando uma curva larga e esquisita: recordei a letra incaracterística do meu velho camarada.

– Bem. Se ele tornar a aparecer, convém pedir-lhe que não se exponha, não se arrisque. Não vê onde pisa, vive no mundo da lua.

Estendia-me em semelhantes recomendações e receava causar involuntariamente prejuízo a alguém. Nada me concederiam além da licença contida no passaporte de minha mulher. Um cartão de vinte centímetros, com as iniciais D.E.S.P.S. no alto e em seguida estes dizeres: "*Sr. diretor: o portador do presente, cujo retrato se vê ao lado, sra. Fulana de Tal, tem autorização desta Delegacia Especial para visitar o sr. Sicrano.*" Uns garranchos ilegíveis serviam de assinatura; à esquerda, a fotografia de minha mulher, revelando que a permissão era intransferível. Aquilo se utilizava às sextas-feiras, ao meio-dia; a direção do estabelecimento, ranzinza e mesquinha, só nos permitia uma conversa de trinta minutos. Escolhíamos os assuntos principais com antecedência, buscávamos não perdê-los, mas isso era difícil: esquecia-me de pontos necessários, baralhava tudo, punha-me a divagar e a repetir. Uma deficiência curiosa perturbava: fugia-me a significação das notícias; esforçava-me por entendê-las, algumas pareciam-me inacreditáveis.

Diversos escritores começavam a interessar-se por mim; exagerando padecimentos, declarando-me vítima de iniquidade, caíam num sentimentalismo propício a deformações. Talvez nunca me houvessem lido; isto impedia juízo seguro, favorecia o logro involuntário, proporcionava-me um êxito fácil, impossível na província e na liberdade. Nesse lugar e nessa condição, penso não me haver de nenhum modo imposto aos homens da capital; agora tencionavam enxergar-me e avolumar-se, acabariam admitindo as próprias falácias e emprestando-me valor. Além de ignorar-me a literatura, esses intelectuais não me conheciam pessoalmente. O meu único amigo entre eles era José Lins que, em Maceió, me desenvolvia planos de romance, produzia a jato contínuo e passara um mês a ler-me um, dois capítulos por dia.

Com certeza era José Lins o móvel da propaganda subterrânea. Sem dúvida. Enviava-me recados, aludia ao trabalho de pessoas solidárias comigo, tinha uma singular delicadeza em esquivar-se, responsabilizar os outros. Bem. Se não me achasse na cadeia, me faltaria recurso para distinguir-lhe essas qualidades. Provavelmente influíra em José Olímpio. Com aqueles gestos imensos, explosões cheias de adjetivos excessivos, construíra-me uma pequena reputação; antes da minha aventura chocha, já ele me havia escrito exigindo a remessa de originais e falando-me no entusiasmo do editor. Isso não existia, claro. As insinuações discretas, as ligeiras esperanças incutidas na sombra indicavam-me o autor da maquinação. Impossibilitados de usar a imprensa, discutiam baixo, escreviam cartas a políticos, ao Presidente da República. Mas o Presidente da República era um prisioneiro como nós; puxavam-lhe os cordões e ele se mexia, títere, paisano movido por generais. Forte.

Lá fora o viam forte e risonho, achando tudo bom; ali dentro o sabíamos um pobre diabo manejado pela embaixada alemã, pela embaixada italiana, por intermédio da chefatura de polícia. A mulher do embaixador italiano fazia e desfazia, mandava e desmandava, isto era, na verdade, uma colônia bastante difícil. Essa boa vontade que principiava a mexer-se na sombra não me afastaria dali, pelo menos por enquanto. Sensibilizava-me, contudo, esquecia ressentimentos, evaporavam-se às vezes os meus furores de misantropia. A convicção da própria insuficiência em meio hostil pouco a pouco ia minguando.

Continuava apático e vazio; momentos de otimismo fugaz davam-me, entretanto, a esperança de concluir um dia a lenta redação das folhas pesadas. A cópia da história nebulosa e medonha chegara do Nordeste, fora enviada à tipografia. Os críticos iriam arrasar-me. Ou não arrasariam; o mais certo era não dizerem nada. Os direitos relativos a duas edições pequenas dos livros anteriores haviam sido pagos. Dinheiro curto, o indispensável aos gastos de minha mulher. Respirei. Era-me possível recusar o adiantamento oferecido pelo editor.

capítulo 16

DE REPENTE foram suspensas as visitas, findaram as notícias e até as comunicações entre nós se dificultaram. Isso originou-se de um grande barulho em que nos metemos sem nenhuma preparação; aquilo veio de surpresa, em condições normais não nos teríamos comportado assim; contudo, recebemos as consequências, e nenhum, suponho, deu sinal de arrependimento.

Estávamos recolhidos, eram pouco mais ou menos oito horas da noite, ouvíamos a prosa de jornais contrabandeados pelos guardas. Uma das tarefas de Malta era debulhar essa literatura inimiga, resumi-la, comentá-la, pregá-la a sabão em folha de papel. Antes de irmos para a cama escutávamos numerosas calúnias em linguagem de hidrofobia; a liberdade de imprensa funcionava atacando-nos com violência e desespero.

Naquela noite suspendeu-se a leitura e espalhou-se um burburinho nos cubículos; expectativa, informações desencontradas, afinal soubemos que Benigno Fernandes se esvaía numa hemoptise. Ansiosos, aguardamos providências, e ante a hesitação dos carcereiros, os primeiros gritos se elevaram reclamando. O médico! O médico! Ninguém veio. Onde estava aquele bandido? A nossa cólera subia, aguçávamos os olhos e os ouvidos à cata de indícios do socorro; perguntas se cruzavam, perdiam-se numa grande balbúrdia; os minutos se passavam, longos, aumentando os protestos. Lá embaixo, à entrada, um rumor de chaves suspendeu a ruidosa manifestação; algum tempo ficamos esperando o sujeito. Nada. Apenas falas no vestíbulo, indecisas, portas abrindo-se, fechando- se, viagens inúteis de guardas a atarantar-se. As delongas nos enfureceram, a impaciência recalcada um instante rebentou de novo. Onde se escondia aquele miserável? Depois de meia hora circulou o aviso de que o doutor ia chegar. Calamo-nos, permanecemos voltados para o exterior, numa observação apreensiva.

Enfim um tipo surgiu, fúnebre, de roupa escura, atravessou o rés-do-chão, galgou a escada e foi examinar a causa do enorme desconchavo. Pouco se demorou: reapareceu de cara fechada, a resmungar coisas ininteligíveis: aborrecia-se com certeza de o terem ido incomodar sem razão. Houve um instante de perplexidade. Distingui a voz de Agildo. O homem parou; voltando-me para a direita, vi-o a pequena distância, no passadiço, respondendo a um interlocutor invisível. Não lhe distingui as palavras, o diálogo breve reduzia-se à metade, mas esta nos revelou a situação: o funcionário se retirava deixando o nosso companheiro sem nenhuma assistência. Não havia perigo, tudo em ordem — a visita rápida e bocejada terminava. É possível que o caso não fosse grave; Benigno precisava repouso; os nossos gritos para nada lhe serviam. Mas era horrível permanecermos trancados, imaginando uma criatura a sufocar-se ali perto, hemorragia abundante a extingui-la pouco a pouco. Se pudéssemos ir vê-la, a expectativa ansiosa diminuiria; mexendo-nos, julgaríamos prestar algum serviço, não teríamos consciência da nossa inutilidade. E diante de uma figura real, pálida, em sossego, nos livraríamos das ideias lúgubres que nos assaltavam. Necessário agitar-nos, buscar um remédio qualquer; a insensibilidade, a tranquila indiferença, a rotina profissional enchiam-nos de horror indignado. A reclamação de Agildo chegava-me bem clara; as respostas do médico eram apenas um morno zumbido; não enxergando o primeiro, distinguindo o outro em pé junto à barra do passadiço, valia-me da audição e da vista, conjugava sons e gestos para traduzir a ácida conversa.

– Isso é crime! – vociferava o militar. – Não faz nada? O senhor é um monstro. Deixa uma pessoa a perder sangue, à míngua.

Julguei perceber a réplica: os nossos receios eram exagerados e além disso, não estava na hora de fazer exigências. Isso me arrepiou: o burocrata se mecanizava, cumpria funções mínimas, entrincheirado no regulamento.

– Vai sair? – esganiçava-se Agildo. – Abandona a criatura esvaindo-se? Nem uma injeção!

A farmácia estava fechada, foi a última desculpa.

– O senhor é um assassino – bradou o oficial.

Diversas invectivas se seguiram, enérgicas, inúteis. O indivíduo, impassível, deu as costas, alcançou o fim da plataforma, desceu a escada, sumiu-se. Ranger de chave na porta da frente foi o sinal para um charivari louco.

Principiamos a sacudir as grades com desespero. Ajustavam-se mal aos batentes, as linguetas folgavam nos encaixes; segurando os varões de ferro, agitando-os, produzíamos bulha infernal. Poucos se eximiram do contágio, suponho, da fúria de bichos excitados e impotentes. Sérgio, imune e sem nervos, acompanhou o desenvolvimento da bagunça, esperando ensejo para repousar; como isto não viesse, murmurou as boas noites, alongou-se na cama, engarfou os dedos no peito magro e dormiu logo. Era exceção: os outros, pilhas doidas, queriam esgotar-se, acabar-se. Em frente a mim, Lacerdão exibia violência profética: ligava-se às varas, formava corpo com elas; o inglês erudito de Cambridge desaparecia; tínhamos ali um feixe de músculos encrespando-se, tentando rebentar a prisão, a carne engrossava, matéria bruta igual ao ferro; a barba espessa voava, a boca enorme se escancarava largando insultos indeterminados. Isso me atraía. Às vezes não queremos saber se nos comportamos bem ou mal; procedemos assim por não nos ser possível proceder de outra maneira; a violência animal nos impele e domina. Naquele instante, máquina, peça de máquina, desprezei a inteligência de Sérgio; vi-o miúdo e chinfrim; se ele me alegasse razões, apresentaria-lhe argumentos vigorosos: músculos rijos, fortaleza alheia, conclusivos. Lacerdão, seguro às traves, alargando a bocarra sinistra. Nalgumas células os ocupantes se revezavam na balbúrdia, poupando forças mas não havia descanso: usavam alternadamente os braços ou os pulmões; noutras conjugavam-se as violências, todos se esfalfavam agitando as grades, aos berros. Em consequência duas ou três fechaduras rebentaram, e surgiram rebeldes no passadiço e no rés-do-chão, a animar a desordem As portas avariadas, desengonçadas, começaram a bater rijo nos umbrais, faziam depois de abertas um estrondo horrível.

Ignoro o tempo que nos entregamos a esse delírio. Enfim, talvez já nem soubéssemos a causa dele; também não pensávamos nos efeitos possíveis. Instintos livres queriam partir metal. Nos prédios vizinhos ninguém conseguiria dormir naquela noite. Isto deve ter inspirado sentimentos humanos ao diretor; isso e os prejuízos materiais e morais: peças arruinadas, cubículos vazios, a indisciplina a generalizar-se, a invadir talvez as galerias próximas.

Súbito o motim dos diabos esmoreceu e extinguiu-se no pavimento inferior. De cima choveram perguntas, vozes exigiram a suspensão do tumulto. Informações incompreensíveis, berros. Houve silêncio, perturbado por um leve rumor que se estendia. Vinham buscar Benigno, a inesperada vitória correu depressa no Pavilhão.

Naquele momento não me compenetrei dessa vitória: surgiu-me como fato casual, sem nenhuma relação com os nossos despropósitos; absurdos, manifestações de um pesadelo demorado. Impossível refletir. A transferência de Benigno chamava-me à realidade. Estivéramos a desatinar por causa dele. Bem. Agora o transportavam cuidadosamente, numa padiola. Os indivíduos que tinham vergado linguetas, quebrado fechaduras, formavam grupos, encostavam-se ao corrimão, debruçavam-se ao parapeito baixo do passadiço, descreviam todas as fases da mudança. Benigno saía, flácido, exangue, na maca vagarosa, caminho do hospital; a grade larga do vestíbulo se descerrava para a passagem dele; depois se trancava; e não nos tornaríamos a ver. Achava-me contente. Na fadiga enorme, os ossos meio desconjuntados, a carne moída, felicitava-me e queria dormir. Mas tudo era confuso. Difícil admitir que, tão poucos, isolados, separados por varões de ferro, houvéssemos batido, ao menos por enquanto, um médico infame, um diretor safado e invisível.

capítulo 17

PELA manhã bebi o café enjoativo, comi um pedaço de pão sem manteiga. O caneco de coalhada tinha sido suspenso. Num cubículo do andar superior viera alojar-se um padeiro tuberculoso chamado França, encolhido, enfezadinho, sempre a morder um sorriso insignificante; podíamos contar-lhes as costelas. O ofego e a tosse levaram-me a oferecer-lhe a garrafinha de leite que me traziam diariamente. Agora me resignava ao pão seco, ao líquido repugnante adocicado. Engoli isso, peguei a toalha, disposto a marchar para o banheiro. Decorreu meia hora, e ninguém veio destrancar a porta; agucei o ouvido: nenhum sinal de chave no Pavilhão.

– O senhor não vai abrir isso? – perguntei a um guarda. Balançou a cabeça negativamente:

– Vão ficar trancados uma semana por causa da bagunça de ontem.

Era justo, confessei no interior. Uma semana acaba logo. E tínhamos na véspera cometido excessos, um sarapatel horrível.

– Em todo o caso precisamos tomar banho. Como é?

O funcionário não deu explicações e afastou-se. Pouco depois descerraram lá embaixo um renque de células, várias pessoas foram lavar-se; de regresso, novamente se trancafiaram, e chegou a vez dos habitantes do outro lado; em seguida as mesmas operações no andar de cima; a quarta parte dos homens saía, voltava, enclausurava-se. Tolheram-nos os banhos de sol; durante o castigo usaram minuciosa cautela para reduzir os perigos da sublevação. Era razoável, disse comigo. Se nos deixassem soltos, pegaríamos uma reivindicação qualquer, outra em seguida, e nunca estaríamos satisfeitos. A comunicação se tornava difícil.

Por esse tempo caiu-me entre as unhas um jornaleco ordinário, e surpreendeu-me ver nele o meu retrato, miudinho, numa coluna, encimando esta legenda fera, em grifo: *o bagunceiro de Alagoas*. Embaixo, uma diatribe em quinze centímetros me arrasava. Não me dizia os feitos, mas expunha-me à execração pública num ataque medonho. Um desordeiro, a prisão era justa. Burrice, pensei, vendo no caso apenas um desconchavo. Onde me havia descompassado? E como diabo tinham descoberto aquela fotografia? Escarafunchei a memória, lembrei-me de que, meses atrás, a indignada folha me estampara a carranca noticiando o aparecimento de um livro, com abundância de elogios chinfrins. O mesmo clichê servira à prosa literária e ao desadoro político, de igual valia. Que estupidez! Esse ligeiro caso não me perturbou os cochilos e os bocejos do recolhimento forçado. Adotaram-se recursos para vencer a monotonia. Imaginou-se uma espécie de telégrafo, e os pichadores ficavam tempo sem fim batendo nas paredes; a entender-se com outras células, em barulho infernal. Jogávamos xadrez a distância, eu e Sérgio contra Benjamin Snaider. Arrumávamos as peças no tabuleiro, iniciávamos a partida.

– Peão do rei quatro – anunciávamos.

– Cavalo da dama três do bispo – gritava-nos o parceiro do cubículo vizinho.

Fora isso, longas conversas, alguma leitura, o almoço e o jantar recebidos à porta; as filas da comida foram suspensas: se estabeleceriam nelas contatos propícios à indisciplina. Sexta-feira perdemos a visita: as mulheres deixaram pacotes na secretaria, e não conseguimos vê-las.

Uma noite chegaram numerosos indivíduos, quase todos militares. Vinham do Pedro I, o navio donde Ivan, Sisson e Desidério haviam tentado fugir um mês atrás. Agora essa prisão flutuante desaparecia, a carga humana era distribuída: novas figuras nos chegavam, caracteres diversos a atrair-se, repelir-se, na contradança que não nos deixava em sossego no mesmo lugar. Pouco antes haviam feito numerosas transferências em pequenos grupos, desafogara-se o Pavilhão. Mas o espaço minguava; os recém-chegados, muito numerosos, iriam alojar-se mal, três ou quatro na mesma célula. Surgiam de relance no pavimento inferior, mergulhavam nos covis estreitos, que se povoaram logo. Outros vieram, subiram a escada, formaram dois renques, invadiram as plataformas. Junto à grade, vi esse leque humano avançar. Defronte do meu cubículo, um sujeito de barba espessa, cabelos crespos, farda e insígnias de capitão, parou um momento, sorriu, apresentou-se com voz áspera:

– Rollemberg.

Tive apenas o tempo de manifestar-lhe prazer em conhecê-lo. Mas gravei o nome e a fisionomia. Um homem baixo, membrudo, também capitão, ergueu o braço ao passar, arrogante, o punho cerrado. O locutor da Rádio Libertadora indicava os novos prisioneiros, advogados, médicos, oficiais do exército, e salvas de palmas acolhiam essa gente; à medida que a lista se prolongava a manifestação ruidosa decrescia; afinal foram apenas algumas pancadas surdas e convencionais. O rumor apagou-se, as últimas fechaduras se calaram, fomos dormir ouvindo os passos leves das sentinelas.

No dia seguinte duas camaradagens me surpreenderam, rápidas, quase fulminantes; nem tive tempo de observar as estranhas personagens, ou talvez a observação tenha sido instintiva; não usamos cerimônias: num instante empolgou-nos a intimidade. Na reclusão dura, imposta pela celeuma, consequência da hemoptise de Benigno, alguns minutos o rigor abrandava: à hora do banho, indo aos chuveiros ou voltando, indivíduos estacionavam diante dos cubículos fechados, entretinham conversas. Os guardas agitavam as chaves, impacientes. Fingíamos não perceber a exigência e arrastávamos a parolagem, a afrontar a administração. Naquela manhã, depois do café, ouvi alguém chamar-me, no passadiço. Avizinhei-me da grade, vi diante de mim um belo rapaz de ar tranquilo, voz lenta, risonho:

– Quem de vocês é Fulano?

– Eu. Que é que há?

Estendeu a mão através dos varões:

– Vim conhecê-lo. Sou Hermes Lima.

– Oh! Diabo! – exclamei sacudindo-lhe o braço, num espanto verdadeiro. – Um professor de universidade, tão novo! Eu o supunha velho.

Contenho-me ao falar a desconhecidos, acho-os inacessíveis, distantes; qualquer opinião diversa das minhas choca-me em excesso; vejo nisso barreiras intransponíveis – e revelo-me suspeitoso e hostil. Devo ser desagradável, afasto as relações. Aquela, iniciada entre barras de ferro, colhia-me de surpresa. Não usamos a cortesia necessária em tais ocasições; o tratamento familiar veio súbito; nenhum constrangimento. Referi-me a alguns artigos de Hermes, lidos numa revista, meses atrás. E admirei-me de vê-lo:

— Não esperava encontrá-lo aqui. Ignorava a sua prisão.

— Mas não estou preso — respondeu Hermes, arranjando uma farsa que se prolongou enquanto vivemos afastados do mundo. — Vim fazer-lhe uma visita.

Mais tarde, narraria a história burlesca deste modo:

— Sou uma vítima da literatura. Li um romance, desejei conhecer o autor, descobri-o no Pavilhão dos Primários. Consentiram-me entrar, mas impediram a saída. "Como os senhores se dão bem, disse o diretor, podem ficar juntos."

Colaborei na burla atacando Hermes, responsabilizando-o pela minha reclusão:

— Foram aqueles malditos artigos que me desgraçaram. Respeitei um professor de universidade, não enxerguei nele um inimigo da ordem. Enchi-me de letras nocivas sem querer. Por isso me prenderam.

Hermes Lima foi a pessoa mais civilizada que já vi. Naquele ambiente onde nos movíamos em cuecas, meio nus, admitindo linguagem suja e desleixo, vestia pijama — e parecia usar traje rigoroso. Amável, polido, correto, de amabilidade, polidez e correção permanentes.

O segundo vivente com quem naquele dia me relacionei foi o capitão fornido que atravessara a plataforma pisando rijo, erguendo o punho forte. Declarou chamar-se Walter Pompeu e dirigiu a Sérgio algumas frases num pretenso alemão absurdo. Não se fez entender e confessou que não sabia alemão.

— Está claro — resmungou Sérgio espantado. — Não é preciso dizer.

Esse introito nos revelava o curioso indivíduo, meio destrambelhado, inconsequente, palrador. Apesar disso — quebrando louça, metendo os pés pelas mãos —, era simpático.

Logo se pôs a discursar a respeito do marxismo, evidenciando completa ignorância da matéria. Sem se confundir, pulou noutro assunto, em seguida noutro, deixando-os mais ou menos sapecados. Os minutos que esteve ali no passadiço, indiferente ao carcereiro, ao tilintar das chaves, foram bastantes para uma exibição de leviandade. A indiferença diante do guarda, segundo notei depois, originava-se de uma tendência irresistível à provocação. Ia direto às vias de fato, alardeava prazer nelas; a coragem física desenvolvida na caserna servia-lhe para tomar o pião na unha sob qualquer pretexto, não tolerar a mais insignificante ofensa, voluntária ou involuntária. Tinha o coração perto da goela: segredo que ali chegasse num instante se espalhava. Eram engraçadas as suas indiscrições. Revelou-me que se havia metido a conspirar estupidamente com dois figurões do exército. No dia da revolta se dirigira ao ponto combinado para receber ordens dos chefes. Um estava inteiramente bêbedo, o outro chorava como um desgraçado.

– Mas não era choro metafórico não – explicou. – Era choro de menino, as lágrimas correndo na cara, choro de medo.

Com a maior naturalidade, soltou-me os nomes dessas altas patentes. Não sei porque, de início, a franqueza estapafúrdia de Walter Pompeu me agradou. Talvez por se haver manifestado pouco depois de Hermes Lima e contrastar com ele. Dificilmente imaginaríamos duas criaturas mais diversas. A inteligência educada, fria; o instinto explosivo, solto. Discrepavam – e não tinham semelhança comigo. Prendiam-me, contudo. E imaginei que poderia tornar-me amigo desses dois tipos.

capítulo 18

DECORREU uma semana, e os cubículos permaneceram trancados, suspensas as visitas. Reclamei, e obtive do guarda esta explicação: o diretor achava inconveniente soltar na Praça Vermelha os homens do Pedro I, gente reimosa, propensa à desordem. Ficaríamos sob chave por tempo indeterminado.

– Mas isso é uma safadeza. Nós não temos culpa da transferência deles. A razão que os senhores nos deram foi a bagunça daquela noite.

Protestos desse gênero perderam-se, e continuamos a ver-nos de longe, jogando xadrez em tabuleiros afastados, ouvindo a telegrafia ruidosa dos garotos, prolongando a hora do banho para as conversas diante das células. Assim nos indignamos inutilmente cerca de um mês. Tínhamos achado o castigo razoável: era consequência de ato nosso, devíamos responsabilizar-nos por ele. Agora esse abuso de poder nos ofendia o sentimento de equidade. Os patifes exorbitavam e por isso tornavam-se odiosos. Vivêramos a admitir a ideia burguesa de pagar as nossas dívidas honestamente. Haviam-se imposto uma de sete dias – e estiravam-na, quadruplicavam-na. Esse roubo me enfurecia. Não me sentia lesado no porão do Manaus. Apesar daquela miséria, o jejum completo, a asfixia, o calor do inferno, a imundície, não percebera ali nenhum dolo: a desgraça atingia todos como praga ou inundação. Ninguém se revolta contra essas forças brutas. A dispneia, a escuridão leitosa, o horrível cheiro de amoníaco, o soldado negro empurrando-me com a pistola, ao descer a escada, eram coisas fatais, no medonho pesadelo. Na verdade éramos bichos. Regressávamos à condição humana, impunham-nos um castigo – e percebíamos que ele era embuste. Esse procedimento insidioso me atormentava mais que as humilhações e o desconforto. Ouvindo-me falar no esbulho de um direito, Walter Pompeu troçou comigo:

– Donde diabo vem você, homem? Ainda acredita nessas bobagens? Vai sair daqui marcado. E lá fora, quando houver uma greve de barbeiros, agarram-no.

– Pois sim. Eu embrulhar-me no sindicato dos barbeiros. Tem graça.

– Por que não? Até que você prove que não é barbeiro, corre o tempo.

Um fato, pouco depois, convenceu-me de que ali domina o capricho despótico, e as sentenças dos tribunais são formalidades inconsequentes: cumprem-se, e os réus não se desembaraçam da culpa. Certos crimes não desaparecem nunca; um infeliz ajusta contas com o juiz e fica sujeito ao arbítrio policial. Inteiramente impossível a reabilitação, pois não o deixam em paz. E dá-se o caso de um indivíduo não querer ser solto, porque essa liberdade precária finda logo: tiram-no de uma prisão e mandam-no para outra pior. Foi o que me disse o faxina ao narrar um homicídio praticado naquele dia. Um ladrão concluíra pena leve. Na véspera da saída amanhecera abatido e sombrio. Pegara uma colher de sopa e entrara a aguçar-lhe o cabo no cimento, improvisando um estilete, a resmungar:

– Hoje não me arrancam daqui.

Alguns companheiros tinham tentado acalmá-lo, obtendo esta ameaça:

– É bom não chegarem perto de mim.

E o metal arranhava o chão, convertera-se em lâmina fina. Os veteranos desviavam-se prudentes; um novato buscara puxar conversa, desprezando o aviso. O homem se levantara raivoso e pregara-lhe o estoque na barriga:

– Tinha de ser qualquer um.

– Vai você mesmo.

Ao cabo de horas a vítima se finava. Sendo-me impossível enxergar as causas da ação, acomodei-me na preguiça mental e perguntei se o preso estava doido. Um acesso de loucura, devia ser isso. A resposta do faxina, curta, revelou-me de súbito um mundo singular, nunca imaginado. Não me forneceu explicações: falou como se mencionasse fatos normais, e nem de longe pareceu notar o meu assombro. Aquela simplicidade me contagiou: não precisei refletir para compreender a situação, achar que o desgraçado tinha tido procedimento razoável. Uma palavra de gíria me confundiu, a princípio não lhe abarquei o sentido:

– É um tipo escrachado.

Depois de ligeira dúvida, o nome estranho se definiu: o ladrão estava nas fichas da polícia, tinha deixado lá o retrato e as marcas digitais, de nenhum modo chegaria a livrar-se disso. Escrachado. Bem. Era ladrão, escrunchante ou ventanista. Estas designações novas me perturbavam. O escrunchante é um técnico, arromba cofres e tem recursos para não deixar lá os sinais dos dedos; o ventanista nem sequer sabe meter a gazua numa fechadura: se encontra as janelas abertas, salta-as, abre ligeiro as gavetas, leva o que lhe aparece; abaixo dele, no degrau inferior da escada, há o descuidista, um pobre-diabo: fica tempo sem fim diante de uma exposição, olhando os arredores de esguelha, a ver se o observam, empalma um objeto de pequeno valor, e agarram-no facilmente. Essa corja é registrada na polícia. Conhecem-lhe os hábitos, distinguem-na de longe por indícios imperceptíveis ao olho comum, obrigam-na a mobilidade constante, vigiam-na e simulam esquecê-la numa brincadeira de gato com rato; na hora própria deitam-lhe a mão. Tem uma existência dupla, ora a esconder-se, ora na cadeia. Aí vive em relativo sossego. Dão-lhe a comida em hora certa, obrigam-na a trabalho regular, pouco a pouco se embota a vigilância inquieta necessária à profissão.

Ao voltar à rua, mais difíceis se tornarão as fugas, a vida oblíqua, permanente resvalar de um lado para outro. Acha-se um infeliz em estado paradoxal: deseja sair dali, imagina planos de evasão impossível, e receia afrontar de novo os perigos antigos, agora muito ampliados: mecanizaram-no, quase o imobilizaram, incutiram-lhe dúvidas sobre as suas aptidões. Conseguirá mexer-se, andar furtivo, pisar leve, entrar numa casa e percorrê-la direito, sem acordar as pessoas? A certeza da própria insuficiência é horrível. Exclui-se a ideia de arranjar outro ofício. Em primeiro lugar nada sabe fazer além de abrir portas ou embromar otários repisando velhas, estafadas parolagens; valoriza enormemente as suas pequenas habilidades, gosta delas, aos íntimos agrada-lhe referi-las com vaidade e exagero. E depois, ainda que desejasse trabalhar, não o conseguiria: negam-lhe a mínima confiança, ninguém lhe aceita os propósitos de regeneração, em qualquer parte julga perceber olhares suspeitosos. Cumprida a sentença, verrumam-lhe o espírito esses desajustamentos, a liberdade chega a apavorá-lo. De fato não é liberdade. Liquida as suas contas com a justiça, e mandam-no embora. Mas não está quite com a polícia: esta não o largará nunca. Arruma os picuás e sai; ao chegar à primeira esquina um sujeito lhe surge e prende-o, naturalmente, à ordem do chefe.

– À ordem do chefe? – inquiri espantado.

Que diabo significaria aquela expressão? À ordem do chefe, sim senhor, repetiu o faxina, como se aquilo fosse coisa simples, estabelecida, clara a todas as inteligências. À ordem do chefe. É a fórmula mágica, o jeito de aniquilar os miseráveis nascidos no subsolo social. Cometeram falta e pagaram-na duramente, não lhes exigiram mais porque isto não seria possível, exigiram tudo. Satisfeita a exigência, a vítima quer libertar-se – e isto é impossível. À ordem do chefe. Qualquer policial tem o direito de usar isso, uma espécie de chave; o nome do chefe de polícia tem efeito mágico: os direitos alcançados na obediência, na dureza do regime carcerário, de repente findam. Essa autoridade imensa e incontrastável paralisa sonhos e desejos, suprime as iniciativas: esperando ouvir as palavras funestas, um homem se muda em trapo. E o pior é saber que, novamente agarrado, não se reabrirá para ele o portão de ferro transposto meia hora antes; não lhe darão a célula escura, onde a existência, apesar de tudo, é suportável.

Com certeza o mandarão para a Colônia Correcional. Aí são medonhas torturas físicas e morais: a porcaria, a mistura ignóbil, a fome, o gasto das energias escassas no transporte de vigas pesadas. Essa perspectiva o desorienta, invade-o singular angústia: por muito que se esforce, não enxerga lugar onde possa viver mais ou menos tranquilo; o mínimo de tranquilidade possível existe na cadeia, no ramerrão da faxina, estigmatizado na roupa de listras. Consumiu-se no desejo de sair – e a realização desse desejo o apavora. Ainda o cultiva, pois nada mais lhe resta, mas agarra-se à esperança de adiar o momento dessa libertação temerosa. Afinal vislumbra nela uma possibilidade remota. O essencial é permanecer ali mais algum tempo, fugir aos perigos exteriores, ao transporte de vigas pesadas na Colônia Correcional. Não suporta a ideia de se saber perseguido, farejado, estremecer ao virar uma esquina, ouvir a intimação fatal: "À ordem do chefe." Necessário por qualquer meio afastar esse pesadelo. E insinua-se o pensamento absurdo. Um pequeno delito originará uma nova sentença. Ferida leve num companheiro significa outra sentença. Daremos o golpe – e ficaremos. Mais alguns dias de tapeação. Sairemos, por não nos poderem reter – e isto será nova desgraça.

– Por que foi que você fez isso?

– Sei lá porque fiz. Precisava ficar.

Ficar porque não tinha para onde ir. Outro julgamento. Juízes amolados e distantes lançando a decisão formal.

Mais alguns anos, alguns meses, na faxina, as riscas do uniforme aviltante a clarear, esfregadas com ácido cítrico; depois de muitas lavagens, as nódoas ignominiosas estariam quase imperceptíveis e isto o avizinharia da humanidade. Além disso há razões profundas que nos amarram fortemente aos hábitos adquiridos, e às vezes nem sabemos porque nos apegamos a situações indesejáveis. No estado normal, afeitos a ocupações ordinárias, ouvindo farrapos de conversas na multidão, viajando no estribo do bonde, no aperto dos pingentes, assimilamos opiniões comuns, nem adivinhamos que, em circunstâncias imprevistas, cheguemos a praticar desatinos. Na verdade não são desatinos, mas às vezes sofremos buscando em vão no interior a causa deles. Perceberia aquele homem as origens do seu crime? Perguntei isto a mim mesmo, tentando relacionar pedaços da informação. Mais tarde o caso me pareceu explicável: acima dos motivos expostos, surgiu outro, mera possibilidade, mas que, admitida, nos fazia julgar a conclusão razoável. Certo o infeliz não desejara cometer um assassínio. Ferimento ligeiro, um arranhão, o suficiente para justificar nova pena, moderada. Ladrões têm horror ao sangue, desviam-se das criaturas impulsivas, formam grupos sossegados. Aquele, no momento da agressão, recuara talvez o braço, numa piedade extemporânea. O estilete perfurara intestinos, um sujeito aguardava autópsia. Muitos anos de cadeia, trinta anos de cadeia. Esfumavam-se o terror, a agonia, prognósticos medonhos: um policial na esquina, a ordem do chefe, sujeira, fome, o transporte de vigas pesadas na Colônia Correcional.

capítulo 19

UMA noite ouviram-se gritos desesperados. Que eram? Donde vinham? Não tínhamos o menor indício. Confinados, fechados, cambiando impressões rápidas à hora do banho, tentamos realizar um inquérito sondando faxinas e guardas. Estes se encerraram num mutismo desconfiado; os outros deixaram escapar informações vagas, cochichos, na verdade traições a compromissos – e daí conseguimos entrar naquele subterrâneo. É sujo e infame. De supetão divisamos hábitos inimagináveis, relações estranhas, uma esquisita moral, sensibilidade muito diversa da que revelam as pessoas comuns. Além disso, paixões violentas, negócios escusos, inadmissíveis.

Essas coisas nos surgiam pouco a pouco, insinuavam-se, venciam resistência, mas, embora tentássemos explicá-las, aceitá-las, a dúvida permanecia. A força de repetições, chegávamos a admiti-las, pelo menos, como possíveis à natureza humana, contingente e vária, capaz de tudo, até que viessem negá-las, enviar-nos à sociedade razoável, acomodada, sóbria, ignorante daqueles horríveis desvios. Cá fora passamos involuntariamente a raspadeira neles. Houve um momento em que nos vieram narrá-los, comentá-los, ou são produtos de fantasia desvairada, vestígios de sonho? Vacilamos em transmiti-los: não nos darão crédito, e isto nos deixará perplexos.

Estaremos a forjar mentiras, resvalaremos na credulidade antiga, a engrossar boatos, adorná-los, emprestar-lhes movimento e vida? Procuramos velhos companheiros, atiçamos as reminiscências deles, obtemos confirmação. Foi o que me aconteceu. Informei-me de novo, procurei afastar as possibilidades de erro ou exagero, mas ainda me ficou uma vaga incerteza. O essencial é verdadeiro, causou espanto no começo, depois foi observado e nos pareceu natural. Não examinamos, porém, as circunstâncias: temos conhecimento delas por indivíduos confusos, propensos à divagação. Verdades? Não sei. Narro com reservas o que me narraram, admito restrições e correções.

Os gritos daquela noite eram de um garoto violado. Essa declaração me estarreceu. Como podia suceder tal coisa sem que atendessem aos terríveis pedidos de socorro? Muitos guardas eram cúmplices, ouvi dizer, e alguns vendiam pequenos delinquentes a velhos presos corrompidos – vinte, trinta, cinquenta mil-réis, conforme a peça. Esse comércio é tolerado, desemboca nele parte dos lucros obtidos na indústria mirim da cadeia – fabricação de pentes, caixas, numerosas bagatelas de chifre e osso. E há também o jogo, rigorosamente proibido e nunca suspenso, o contrabando de álcool, as gorjetas, a venda de cigarros, prestação de serviços miúdos aos políticos. O dinheiro circula, às vezes serve para amaciar funcionários. Na ausência de mulheres, consente-se o homossexualismo[1] tacitamente.

A administração finge castrar aqueles homens, insinua hipócrita que o trabalho e o cansaço tendem a suprir necessidades profundas, e ali se movem autômatos puxados para um lado e para outro. Percebemos o dolo e pouco a pouco nos habituamos a ver entrar a anormalidade na existência comum. Achamo-nos longe daqueles indivíduos, conhecemos apenas os que vêm trazer a comida, fazer a limpeza, mudar a roupa das camas, e a princípio relutamos em conceber veracidade nas informações. Perguntamos em seguida como poderia ser de outra forma num meio onde só vivem machos. Os assassinos, criminosos fortuitos, em geral os sujeitos chegados maduros, conseguem livrar-se do contágio: têm a preservá-los costumes diversos, princípios, a repugnância que nos leva a desviar os olhos se vemos uma dessas criaturas, lavar as mãos se a tocamos. Esse nojo e esses escrúpulos esmorecem com o tempo: refletindo, alinhando motivos, inclinamo-nos a uma indecisa piedade, afinal até isto míngua e desaparece; achamos aqueles invertidos, pessoas vulgares submetidas a condições especiais: semelhantes aos que perderam em acidente olhos ou braços. Certo são desagradáveis quando neles predomina a linha curva, afetam ademanes femininos, têm voz dulçurosa, gestos lânguidos e caminham rebolando os quadris. Nem todos são assim, de ordinário não se distinguem por nenhum sinal particular. Nada que mereça desprezo. Como se iniciaram? Os angustiosos e inúteis apelos noturnos davam a resposta.

1 Em 17 de maio de 1990, a Organização Mundial da Saúde (OMS) retirou a homossexualidade da lista de doenças mentais do Código Internacional de Doenças. Nesse contexto, o sufixo "-ismo" foi removido da palavra, para desvinculá-la do sentido de patologia e reforçar que a homossexualidade é uma característica natural da diversidade humana.

Depois nos vieram noções complementares. Meninos abandonados, vagabundos, pivetes, cedo se estragam, não experimentam surpresa ao ser metidos nas células de pederastas calejados. Mas há reações, incompatibilidades – e se os meios suasórios falham, o casamento se realiza com violência. É o recurso extremo. Antes de usá-lo, o agente emprega blandícias, numerosos processos de sedução, e se não tem êxito, recorre às ameaças. Toma a comida do outro, joga-a na latrina, arrebata-lhe das mãos o caneco de água, proíbe-lhe o cigarro, vigia-o sem descanso, requinta-se em afligi-lo. Dois ou três dias de fome, sede e maus tratos anulam a funda aversão; a relutância esmorece, finda – e o idílio principia às escondidas: nem gritos nem oposição obstinada, uns restos de vergonha impedem a exibição tumultuosa. Sobrevém largo período de ternura, áspera, cega, exclusiva, de um calor desconhecido nas relações heterossexuais. De fato não é ternura: é desejo absorvente, furioso, quase a encher a vida com uma única necessidade. O macho oferece ao amigo uma dedicação exaltada, respeita-lhe os caprichos, defende-o, trabalha com vigor e economiza para satisfazer-lhe as instâncias. Mas exige correspondência, espreita-o sem descontinuar e, dominado por ciúme feroz, não lhe consente expansões duvidosas; os excessivos cuidados, o amparo e as desconfianças permanentes tornam-se verdadeira tirania. Qualquer suspeita origina rixas, e nascem daí muitos dos crimes realizados nas prisões.

Ao ter conhecimento disso, refleti na cena de sangue dias antes anunciada pelo faxina, revi os motivos adquiridos em fragmentos e enxerguei mais um, talvez o essencial. As causas expostas enfraqueceram de repente, julguei-as laterais e secundárias: imaginei que o sujeito recusara a liberdade por não lhe ser possível afastar-se de um companheiro. Devia ser isso. Pelo menos é fácil admitirmos que um sentimento obsessor, vizinho da monomania, leve alguém a lesar os seus próprios interesses.

As minhas conclusões eram na verdade incompletas e movediças. Faltava-me examinar aqueles homens, buscar transpor as barreiras que me separavam deles, vencer este nojo exagerado, sondar-lhes o íntimo, achar lá dentro coisa superior às combinações frias da inteligência. Provisoriamente, segurava-me a estas. Porque desprezá-los ou condená-los? Existem e é o suficiente para serem aceitos. Aquela explosão tumultuária é um fato. Estupidez pretender eliminar os fatos. A nossa obrigação é analisá-los, ver se são intrínsecos à natureza humana ou superfetações. Preliminarmente lançamos opróbrio àqueles indivíduos. Por quê? Porque somos diferentes deles. Seremos diferentes, ou tornamo-nos diferentes? Além de tudo ignoramos o que eles têm no interior. Divergimos nos hábitos, nas maneiras, e propendemos a valorizar isto em demasia. Não lhes percebemos as qualidades, ninguém nos diz até que ponto se distanciam ou se aproximam de nós. Quando muito, chegamos a divisá-los através de obras de arte. É pouco: seria bom vê-los de perto sem máscaras.

Penso assim, tento compreendê-los – e não consigo reprimir o nojo que me inspiram, forte demais. Isto me deixa apreensivo. Será um nojo natural ou imposto? Quem sabe se ele não foi criado artificialmente, com o fim de preservar o homem social, obrigá-lo a fugir de si mesmo?

capítulo 20

AO CABO de um mês abriram-se os cubículos, as visitas ressurgiram e pudemos circular na Praça Vermelha, entender-nos com os homens chegados do Pedro I, a maior parte desconhecida, apenas entrevista durante a reclusão. Eram muitos, e quase todos haviam perdido bons lugares sem respeito às conveniências jurídicas. Sumariamente despedidos, julgavam com rancor silencioso, cochichado, às vezes explosivo, o governo arbitrário e a revolução frustrada, que os havia exposto. Difícil perdoar a esta, ter-se deixado vencer num instante. Se se tivesse alargado e subido, numerosas convicções se arraigariam, tendências vacilantes ganhariam consistência. Isto não se dera. E aqueles intelectuais burgueses, funcionários, médicos, advogados, engenheiros, tinham razão para indignar-se. Ausência de estabilidade, posição neutra, rejeitados pelos extremos, de alguma forma achando-se vítimas de perfídias e traições. Não se haviam ingerido em mazorca. Um artigo em jornal, uma conferência, uma assinatura em manifesto – e desabavam.

Com essa gente de gabinete e sossego contrastavam diversos militares, implicados na sublevação do 3º Regimento e da Escola de Aviação, alguns estranhos a ela, em geral considerados suspeitos. Tinham sido eliminados do exército, mas ainda vestiam fardas, guardavam hábitos da caserna; eram assíduos na ginástica, não se tinham eximido à hierarquia e à disciplina: deram-me a impressão de olhar os paisanos com desdém, julgá-los fracos e imóveis: o espírito de casta permanecia. Crédulos, admitiam sem esforço que estavam cercados de espiões. O major Alcedo Cavalcante, professor no Estado-Maior, homenzinho de voz calma e sentimentos fortes, aferrado a certo número de ideias, sempre a sustentá-las com argumentos rijos e invariáveis, revelou-se aparteando um discurso de Ivan. O tenente falou de estratégia. O major interveio: não era caso de estratégia, mas de tática; embrenhou-se em definições, numa linguagem braba, com avanços e recuos. Misturou tudo e acabamos sem entender nada. Walter Pompeu ligava-se a dois sujeitos, cearenses, capitães, explosivos, como ele: José Brasil e Moésia Rolim. Formava a trinca do Ceará, meio destrambelhada, o coração perto da goela, ora pelos pés, ora pela cabeça. Atleta, vestido num calção de banho, moreno, de olhos espertos, a voz áspera, José Brasil começou a dirigir os exercícios físicos, que desceram do terraço, vieram substituir as conferências no rés-do-chão, espantando guardas e faxinas. Falava com exuberância entremeando na conversa pilhérias engraçadas. Envaidecia-se um pouco de ser parente de Jesuíno Brilhante, o cangaceiro romantizado em livro, autor de consideráveis proezas. Não me parecia que alguém tivesse razão para contentar-se com isso. Nem contentar-se, nem descontentar-se. Era um acidente. E agradava-me pensar que o bandido representasse um desvio na família dele. Aborrecia-me nessas criaturas desgarradas o procedimento desleal: nunca se expunham, usavam a tocaia, a traição.

– Mas está certo – disse-me Walter Pompeu, grave, sentado na cama de Sérgio. – É assim que se deve fazer.

A solidariedade na trinca era perfeita.

Todos nós procuramos evitar esforços inúteis e riscos. Se desejamos liquidar um inimigo, não vamos oferecer-lhe ocasião de suprimir-nos. O importante é matá-lo de qualquer jeito. A emboscada, sim senhor, a surpresa. Na guerra achamos isso virtude: não sei porque fora dela vamos abandonar vantagens. O homem sensato e prudente não se arrisca à toa.

Moésia Rolim nunca estava em repouso. Escrevia, estudava, sobretudo falava, erguendo a voz abafada cheia de hiatos e gargalhadas roucas. Passava depressa da zanga superficial à alegria estouvada perceptível em todo o Pavilhão.

– Bacharel feroz! – gritava a assanhar-se.

Pequeno, sacudindo os braços curtos, lembrava um periquito a maquinar bicoradas em Moreira Lima, que o ouvia tranquilo, com dignidade mansa de boi. Moésia Rolim, Walter Pompeu e Lauro Fontoura, expulsos da Escola Militar em 1922 ou 1924, tinham-se metido em leis e eram advogados. Com o movimento de 1930 haviam regressado ao exército. Insatisfeitos, embrulhados em nova conspiração, outra vez eram demitidos.

Nessas idas e vindas, ora triunfantes ora derrotados, havia um número regular de indivíduos a oscilar de uma profissão para outra. Picolés, milicos. Não se ofendiam com esses epítetos. Milico no extremo sul é qualquer soldado. Aplicando-lhes a designação de picolés, talvez quisessem dizer que eles tinham na caserna a resistência do sorvete, iam derreter-se depressa. Alguns, como Agildo, eram considerados mortos para a vida militar; Maria Barata recebia no tesouro o dinheiro das viúvas, e visitava o defunto uma vez por semana.

José Gay da Cunha, segundo-tenente de aviação, era uma enorme criança muito branca e muito forte, alegre, viva, sempre a mexer-se e a rir. Figura internacional. Nemo Canabarro Lucas fora tenente no exército brasileiro e capitão no Paraguai: combatera no Chaco. Por causa da sua pronúncia castelhana, chamavam-lhe *mi capitan*. Mais tarde seria major na Espanha e correspondente de jornais em Londres. Afastava as intimidades com uma delicadeza fria, a voz baixa, os olhos impassíveis; raramente um débil sorriso lhe perturbava o arranjo sereno; vivia recolhido, estudando matemática. Apporelly meteu-lhe o nome numa daquelas combinações esdrúxulas que provocavam risadas imensas no Pavilhão. Começou um discurso perfeitamente sensato, chegou a vencer a expectativa de pilhéria, intrigando o auditório. Com firmeza e gravidade, lançou um começo de frase latina:

– *Quod natura dat...*

Pausa. O homem torcia caminho: abandonava os gracejos e enveredava na circunspeção. Temperou a goela, olhou firme a assistência, repetiu:

– *Quod natura dat...* Nemo Canabarro Lucas.

José Gutman, baixinho, lourinho, cantava sambas. Joaquim Santos, o Quincas, tinha perdido um olho no combate do 3° Regimento. Era radical e assinava-se: Joaquim Santos, Segundo-Tenente do Exército Popular Nacional Revolucionário. Esse radicalismo nacional comportava os hinos e as canções patrióticas. Outros oficiais, Agliberto Vieira, Benedito de Carvalho, Durval de Barros, Apolônio de Carvalho, Dinarte Silveira, à primeira vista não me impressionaram. O capitão Álvaro de Souza era um catálogo de sangues: mistura de branco, chinês, preto. Uma cicatriz de navalhada a estirar-se do rosto ao pescoço, marcas de bala e faca na barriga e nas pernas indicavam-lhe as disposições, originavam boatos: diziam que tinha sido picotado a metralhadora. O bulhento homem negava essa balela – e esquivava-se.

Entre os civis, notei, além de Hermes Lima, dois professores universitários. Castro Rebelo, meia-idade, nariz semítico, falava martelando o pormenor e detestava as conclusões apressadas. A erudição acompanhava-o nos casos mais simples. Precedera-o forte publicidade. Encontrei-o na fila do almoço, metido num largo pijama de listras, e, em meia dúzia de palavras, conheci-lhe a independência violenta. O outro era Leônidas Resende. Vivia retraído, murcho, deitado, a engordar, logros e desânimos ocultos debaixo da coberta; distinguiam-se apenas um olhar cansado e um sorriso fraco.

Dois médicos judeus. Raul Karacik nascera no Brasil. Divergia das opiniões dominantes no Pavilhão e defendia-se com gestos ambíguos, num silêncio teimoso. Inquieto, miúdo, indiferente a um rasgão no paletó, parecia querer fugir dali a caminhar sem descanso no rés-do-chão, da entrada ao banheiro, movido por tendências ambulatórias da raça. Febus Gikovate era polonês. O faxina se embaraçava e traduzia-lhe o nome, ao levar-lhe pacotes, nas sextas-feiras: "Seu Chico Vargas!" Hermes Lima corroborava a tradução, com ênfase brincalhona: "Chico Vargas!" Assim, estive dias sem saber como se chamava aquele indivíduo simpático e arredio, míope, de voz calma, ciciada, cheia de *rr* guturais. Um dia toquei-lhe em política; respondeu vago e desconfiado, com circunlóquios evasivos: provavelmente era considerado trotskista. Pessoa de teoria, permaneceu nas generalidades, aniquilando as minhas preocupações objetivas, mesquinhas, imediatas.

A respeito de Gastão Prati, rapagão de cabelos grisalhos, quase brancos, de fala doce e lenta, corria uma anedota. Preso e interrogado, Miranda falara em excesso e elucidara o conteúdo obscuro de numerosos papéis. Um deles se referia a uma entrevista na casa Pratt. Isso não causara suspeita: encontro sem importância num estabelecimento comercial onde se vendem máquinas de escrever. Findas as perguntas a autoridade se erguera. Insatisfeito, Miranda achava não haver prestado as declarações todas:

– Um instante, doutor. Essa casa Pratt que está no bilhete é a residência do engenheiro Gastão Prati Aguiar.

Em consequência, Prati se entalara.

Um sujeito baixo e barbado, o advogado e jornalista Moura Carneiro, vivia a discutir investigações de petróleo. Muitas figuras, entrevistas na confusão, só mais tarde iriam caracterizar-se: Luís Lins de Barros, Orlando Melo, Maurício Lacerda, Flávio Poppe, Francisco Mangabeira, Plínio Melo, Barreto Leite, Süssekind de Mendonça.

Uma se notabilizou depressa, o engenheiro Pompeu Accioly, um grande rapaz amável, campeão de xadrez. Jogava três partidas simultâneas, sem ver os tabuleiros. Num cubículo do andar superior, sentado na cama, sob vigilância, de olhos fechados, ditava as marcações, que um sujeito, no passadiço, transmitia ao rés-do-chão, onde se juntavam mirones em torno dos jogadores. Vinham as respostas, ordenadas com apuro e vagar; Pompeu lançava rápido, imóvel, a mão em pala na testa, os lances vistos na imaginação: "Tabuleiro número 1, número 2, número 3." Vi-o entregue a esse exercício. Ganhou facilmente duas partidas, empatou uma.

Certa manhã, à porta de uma célula vizinha ao banheiro, um moço lento, a revelar perfeita arrumação interna, me convidou a ensinar-lhe português. Assim conheci Aristóteles Moura, bancário, embrulhado em reivindicações de sindicato. Vacilei: as minhas lições não lhe deveriam servir para grande coisa. Mas evitei descontentá-lo. Pois não, algumas informações, em conversa; nada de encrencas pedagógicas. Falamos dez minutos – e desisti: Moura sabia gramática melhor que eu.

Naquela barafunda os caracteres se diluíam. As conferências matinais, o orador quase nu segurando o esquema, num degrau da escada, esmoreceram. Um dia interpelei Ghioldi:

– Ó Rodolfo, porque é que você deixou de falar? Que é que há?

– Eu sou estrangeiro, amigo – respondeu frio o argentino.

– Que linguagem, Rodolfo! Há isso entre nós?

– Para você não há. Para outros há.

Guardei silêncio e compreendi. Estava ali a consequência do patriotismo idiota badalado à noite na Voz da Liberdade. O Hino do Brasileiro Pobre era melhor que esse que berram nas escolas e noutros lugares, levanta as pessoas, descobre as cabeças. Palavras diferentes, música igual. Essas ondas humanas, a crescer, a desfazer-se, resvalavam num estreito nacionalismo. A presença ruidosa dos militares perturbava o sossego dos homens de pensamento, e não quadrava aos operários. "Joaquim Santos, Segundo-Tenente do Exército Popular Nacional Revolucionário." Tudo vago, nebuloso – ideias, sentimentos, aspirações. As criaturas perdiam-se na multidão, como desenhos incompletos. Umas começavam a esboçar-se, outras viviam um instante e desmaiavam. Saíam, voltavam, tornavam a sair. E várias, ali perto, ausentavam-se, dividiam-se em grupos; as diferenças sociais, cultura e ignorância, profissões diversas, originavam atritos, ofensas involuntárias.

Os nordestinos formavam, silenciosos, uma sociedade arredia. As aulas de inglês, francês e russo espaçaram-se, afinal foram suspensas: Lacerdão, Tavares Bastos e Benjamin Snaider tiveram descanso. João Romariz não nos repelia nem nos atraía, amável e neutro. As gargalhadas de Newton Freitas buscavam motivos, perdiam a significação. A barriga negra do estivador Santana, sempre descoberta, crescia, na engorda. José Medina mordia o cachimbo com os dentes estragados. Bagé mastigava, sorna, o sorriso impudente. Trinos doidos de pardais fora, ao amanhecer; a algazarra dos pichadores e de Ramiro Magalhães dentro, o dia inteiro. A voz suave de Beatriz Bandeira, à noite, o acompanhamento rijo de Eneida, cantos aspirados, de Olga Prestes ou de Elisa Berger. Valdemar Birinyi continuava a amolar Sérgio na sua gíria inconcebível, produto de várias línguas. Por não lhe reconhecerem a literatura, composição de noticiário, psicologia de nota policial, Amadeu Amaral Júnior, ressentido e quase nu, a barba loura mais longa, a cueca mais escura, tinha rompantes ásperos, estridências de pavão, um grande pavão solitário. Insistente, o cocorocó do português rolava no Pavilhão, arrancando pragas.

capítulo 21

VI NA Praça Vermelha um rapaz de cabelos negros, nariz adunco, olhos vivos. Recém-chegado, ainda não se despojara da roupa nova bem feita. Vestia com apuro, e foi o indivíduo mais elegante que me apareceu naquelas viagens subterrâneas, elegância condenada a sumir-se em pouco tempo. Chamava-se Francisco Chermont e era filho do senador Abel Chermont, dias antes arrancado violentamente de casa, entrado em luta física desigual, levado a braços como um fardo resistente, metido no cárcere e aguentado sevícias, por se haver oposto, no Senado, aos desmandos selvagens da ditadura policial reinante. Francisco Chermont assistira à cena vergonhosa, e, antes de recobrar-se do susto, fora preso e encafuado entre nós, por causa dos discursos do pai; iria interromper o seu curso de direito, no último ano. Não chegou a largar o fato de casimira bem talhado, calçar tamancos, desamarrar a gravata, aclimar-se aos nossos hábitos simples em demasia. Ficou ali talvez uma semana.

De repente veio a degringolada metódica, primeira de uma série que nos iria causar graves inquietações. As mudanças até então se faziam sem alarde, quase sub-reptícias: pareciam atos ilegais, determinados e executados na sombra por malfeitores. Os cubículos enchiam-se, esvaziavam-se moderadamente, e às vezes nem percebíamos a ausência de algum hóspede incolor; em conversas, lembrávamos o sumiço de indeterminadas feições; e com frequência nos causava espanto o regresso desses fantasmas. A retirada em massa nos surpreendeu, nos mergulhou em presságios escuros. Era noitinha, andávamos à toa depois do jantar, esperando a hora de recolher. A porta da frente se escancarou e um funcionário surgiu com um papel na mão.

– A lista, a lista.

Por toda a parte essa palavra foi cochichada num momento, sem percebermos direito a significação dela. Não sabíamos donde tinha partido, víamos rostos apreensivos e ficávamos suspensos, sem buscar informar-nos. Encostado à barra negra da plataforma, observei um fervilhar inquieto lá embaixo, vi o sujeito desdobrar o papel e começar a leitura, num rol de nomes apenas:

– Agrícola Baptista, Newton Freitas, Anastácio Pessoa, José Medina.

A princípio não atinei com o motivo daquela chamada improvisada; notei depois movimento nas células, homens atarantados a preparar bagagens. A leitura prosseguia, lenta, monótona. Sem dúvida transferência, para desafogar a prisão superlotada com a gente do Pedro I. Tínhamos rebentado pratos e caído em grande fuzuê por causa da hemoptise de Benigno. Desarticulando-nos, quereriam evitar que tais cenas se reproduzissem.

– Vão mandá-los para a Colônia Correcional – segredou-me alguém.

Recusei admitir isso, mas era uma recusa ingênua, sem base. Apenas desejava afastar a previsão funesta: sem termos ideia segura da Colônia Correcional, enxergávamos nela a miséria, a degradação completa.

– Francisco Chermont – leu claramente o sujeito da lista.

Bem. A conjetura desgraçada esmoreceu e desvaneceu-se: não iriam meter entre vagabundos e malandros aquele moço inofensivo, alheio à política, membro da classe dominante. Se fizessem isso, estariam a destruir-se. Achei também que Anastácio Pessoa, alto funcionário de banco, aparentado com indivíduos fortes, mandões na política, se isentava do mergulho infamante. Um mês atrás, de colarinho, gravata e suspensório, lia o seu inglês, atento, e se lhe falávamos, respondia com monossílabos, para não comprometer-se. Estava ali por equívoco; chamado à polícia, deixara o automóvel à porta; a qualquer momento receberia explicações, voltaria ao trabalho. Despojara-se a custo dessas considerações falsas, largara o romance inglês, o colarinho, a gravata e o suspensório, vestira pijama e calçara tamancos. Mas continuava a julgar-se vítima de um engano.

– Provavelmente serão soltos – opinaram junto de mim.

– Provavelmente – concordei perplexo e incrédulo, tentando apagar o escuro palpite anterior.

Era um parecer chocho, lançado à toa, apenas para dizer algumas sílabas; esforçava-me por admiti-las.

No rés-do-chão havia um burburinho. Os homens chamados se arranjavam à pressa, vestiam-se lançando ao acaso pedaços de recomendações, entravam e saíam dos cubículos, a despedir-se. Foram em seguida, carregando maletas e embrulhos, postar-se em linha diante da grade larga do vestíbulo. O funcionário consultava a lista, conferia os nomes, verificava a identidade.

A fila se estirava, numa composição heterogênea: operários, elementos do jornal e do banco, tipos de emprego incerto. O poncho vermelho de Tamanduá se agitava, uma grande nódoa inquieta, cor de sangue. França, o padeirinho tuberculoso a quem ofereci durante um mês a garrafa de leite dos doentes, juntou-se ao grupo, tímido, insignificante, imperceptível no movimento e no rumor. Vieram muitos, foram convocados retardatários, e a leva se dispôs a sair: Mediria, Tamanduá, Anastácio Pessoa, Newton Freitas, Desidério, Chermont, o padeiro, outros esquecidos, trinta ou quarenta indivíduos, entre eles Mamede, cafuzo de olhar ardente e cabeleira revolta, marcado àquela hora por uma opinião que logo recebeu contradita enérgica.

Eram necessárias algumas palavras de solidariedade aos companheiros que se retiravam naquele ambiente de perspectivas más. Rodolfo Ghioldi fez um ligeiro discurso. Não lhes insinuou a esperança de serem transferidos para lugar melhor. Encoivarou rápido as tristezas da separação e entrou, como fazia sempre, em matéria política. Aludiu à conveniência de estarmos unidos, em quaisquer circunstâncias, ao rigoroso cumprimento das tarefas, assim por diante. Em seguida falou Sisson. Verboso, desejou boa viagem à turma e expressou a convicção de que ela seria posta em liberdade. Parecia não ter nenhuma dúvida sobre isto: iriam todos ali direitinho para a rua.

Essa arenga produziu efeitos discordantes naquela gente: uns se reanimaram, com certeza, outros devem ter caído em desânimo ou irritação. E as duas respostas divergentes, inesperadas, vieram sacudir-nos. Mamede jogou a primeira, exaltado, uma luz viva a aquecer-lhe o rosto moreno, a grenha a derramar-se na testa e a refluir para a nuca, na agitação afirmativa da cabeça. Tinha-se enganado, vivera a imaginar desacordos essenciais entre as classes, e agora notava que elas se podiam combinar. Todos os atritos esmoreciam, necessidades urgentes de conciliação vibravam na fala untuosa. Era idílico e profético. Os cabelos, agitados por excessivos ímpetos, rijas ventanias interiores, vinham adiante, iam atrás, naquela terrível mansidão quase furiosa. O trabalhador rude convertia-se em missionário. A paz reinaria sobre a terra, um novo reino de Deus nos envolveria, e os lobos, perdido o instinto, abraçariam as ovelhas. Terminou, e Desidério ergueu o braço. Foi breve e incisivo, tão incisivo e breve que me aventuro a copiar-lhe as palavras sem receio de engano!

– Ah! An!

Um risinho sarcástico e azedo, um brilho mau no bugalho torto.

– Esse negócio de liberdade é conversa. Vamos deixar de tapeação.

Lembrei-me da aspereza dele, no Coletivo: "Isso não vale nada. Besteira." A mesma raiva fria e demolidora, o mesmo horror aos intrusos no seu mundo.

– Eu sei para onde vou, sim senhores. Vou para a Colônia, que é o meu lugar. Estive aqui por descuido, não é possível viver muito tempo com os senhores.

E rematou, cheio de fel e veneno, um fulgor de ódio no olho que se ausentava de nós:

– Estes braços estão cansados, estão magros de carregar farinha para burguês comer.

A réplica brutal à harmonia fervorosa de Mamede produziu um silêncio de constrangimento. Depois de tal clareza, as tentativas de acomodação eram inúteis. Desidério nos julgava parasitas, os nossos trabalhos demorados e complexos não tinham para ele nenhuma significação. Arrepiei-me ante aquela antipatia, agressiva, a desviar possíveis entendimentos, a excluir habilidades proveitosas. Jogava-nos a todos o labéu. Exploradores e inimigos. Na verdade a maioria não era burguesa. Pertencíamos a essa camada fronteiriça, incongruente e vacilante, a inclinar-se para um lado, para outro, sem raízes. Isso determinava opiniões inconsistentes e movediças, fervores súbitos, entusiasmos exagerados, e logo afrouxamentos, dúvidas, bocejos. Naquele momento a revolução monopolizava os espíritos, e alguns a desejavam com fervor religioso. Mais tarde iriam surgir numerosas apostasias, e é possível que homens ásperos como Desidério tenham influído nelas.

Debruçado ao passadiço, achei-o grosseiro e injusto. Aos votos amáveis de Sisson respondera com quatro pedras na mão, como se nos responsabilizasse por sua desdita. Pensei depois com frequência naquele rompante, esforcei-me por explicá-lo. Quem sabe se o estivador não tinha alguma razão? Opusera um dique ao otimismo torrencial de Mamede. Contivera as explosivas manifestações da coqueluche vermelha. Tarimbeiro antigo, desdenhava os recrutas. E talvez percebesse ali as falhas em consciências, perfídias, embustes e ciladas. Viviam a cochichar que estávamos cercados de espiões. Desidério se defendia, encaramujava-se no seu grupo social, retraía-se na desconfiança como numa carapuça. Farejava denúncias. E os denunciantes eram burgueses, provavelmente. Em silêncio, constrangidos, vimos o sujeito conferir de novo a lista. Em seguida a leva pôs-se em marcha e a grade se fechou.

capítulo 22

DECORREU uma semana. Certa manhã, à porta do banheiro, aguardando vaga, notei ali perto um desconhecido muito diferente dos moradores do Pavilhão. Chegou-se, falou-me. Retribuí a saudação, confuso, perguntando a mim mesmo onde e quando me avistara com semelhante indivíduo. A presença dele me trazia agouros maus: certamente iam degradar-nos. Tínhamos vivido meses entre pessoas de aparência mais ou menos decente, e mandavam-nos agora um vagabundo sórdido. Evidentemente procedia do morro, esfomeara-se, estragara-se a malandrar nas favelas. A roupa imunda e sem cor amarfanhava-se, coberta de placas de lama seca: sem dúvida o homem se deitara no chão molhado e não pensara em recompor-se. Não lhe precisaríamos a idade — vinte ou cinquenta anos. Um ar de fadiga inquieta, a pele baça, o olhar esgazeado, e completo desleixo, indiferença de quem desceu muito e já nem tenta causar boa impressão. A barba atestava ausência regular de navalha e sabão; no crânio rapado a máquina, de lividez cadaverosa, protuberâncias avultavam. A fala abafada entrecortava-se de hiatos. Lembrei-me vagamente de já ter ouvido aquela voz, mas, por muito que esquadrinhasse a memória, não me seria possível reconhecer a figura lastimosa. Percebendo-me na cara o pasmo e a interrogação, o homem apresentou-se:

– Francisco Chermont.

Não entendi, fiquei um minuto a examiná-lo, sem atinar com o motivo daquela referência ao estudante de cabelos negros e olhos vivos, o fato de casimira a envolvê-lo naturalmente, como se tivesse nascido com ele. Atônito, aguardei esclarecimentos, e quando ele veio, aos pedaços, recusei admiti-lo:

– O senhor?

Impossível distinguir na desgraçada ruína vestígios do moço elegante.

– O senhor?

E atentava na palidez suja, nas órbitas cavadas, nas crostas imundas presas ao tecido ignóbil, semelhante a estopa. Como as pessoas se alteram depressa! Os modos eram outros, diversa a fisionomia. Busquei um traço revelador. Bem. Lá estava o nariz curvo, de papagaio. Novos indícios lentamente surgiram, romperam a custo a máscara vergonhosa; a linguagem polida afastou Chermont dos mocambos.

Em vivo constrangimento, remoí palavras difíceis, baixando a vista, procurando abafar a terrível impressão, morto por desviar-me dali. Falávamos com muitas pausas. Vali-me de uma e interrompi a conversa, fui lavar-me. Em seguida me recolhi, em desassossego, buscando na leitura e na escrita apagar aquele caso desagradável, receando minúcias, informações penosas. Vieram à noite.

Arriado no colchão magro, os ferros da cama a raspar-me o espinhaço e as costelas, ouvi sucumbido o relatório de Chermont. Era extenso e medonho. Hora comprida uma voz monótona rolou contando sem rodeios, às vezes descendo a pormenores ignóbeis, fatos vários daquela negra semana de ausência. Havia coisas inconcebíveis nos sucessos largados de supetão dentro das nossas cabeças, nas cenas de realismo nojento, nos diálogos torpes, em gíria. Fumando, as pálpebras caídas, penetrei no mundo confuso da narração lenta e pesada; vi mentalmente a fila transpor o vestíbulo, marchar no pátio, demorar-se na rouparia, dar respostas a perguntas secas e receber pacotes numerados, arrumados nas prateleiras. Saiu, ziguezagueou algum tempo no recinto de muros altos, sem saber para onde o levavam, juntou-se a novos grupos, dissolveu-se neles. Encaixaram-se todos em carros fechados, os tintureiros da polícia, e rodaram longamente na escuridão que manchas de luz perturbavam, pequenas réstias causadas por furos abertos nas paredes de ferro. Desembarcaram entre fuzis e pistolas, foram metidos no porão de um navio.

Não tive dificuldade em imaginar a transferência. Enxerguei-os a descer das tocas ambulantes, pisar no asfalto, indecisos, como ratos encandeados, atravessar alguns metros de cais, um convés, mergulhar numa escadinha estreita, desembocar no espaço vago cheio de trevas leitosas. Era-me inútil a descrição, nem atentei nela: provavelmente calor horrível, beiços gretados, sinais de asfixia, o insuportável cheiro de amoníaco, suor abundante, coisas moles a esmagar-se debaixo dos sapatos, imundícies ocultas na fumaça dos cigarros. A lembrança viva do Manaus assaltou-me; a sede, imagens desconexas, receio de enlouquecer, dispneia, sitiofobia e um jato de sangue a anunciar morte esperada como libertação chegaram de repente: na cama dura, a escoriar-me no metal, de costas para não esconder uma das orelhas no travesseiro exíguo, não perder sílaba do relatório, achei-me de novo deitado numa costela do cavername, o rosto colado a uma vigia, respirando em haustos curtos ar salino. Essas recordações esmoreceram diante de casos novos, imprevistos e imprevisíveis.

No porão do Manaus, tinha-me visto na companhia de pessoas aviltadas, e o ambiente físico me atormentara a princípio. No entanto conseguira habituar-me. Era possível escapar dali refugiando-me no camarote do padeiro, na rede a balançar embaixo da escotilha. E a convivência de Lauro Lago, Macedo, Mário Paiva, Benon, João Anastácio, Manuel Leal, de nenhum modo me desagradava. Ligeiras incompreensões anulavam-se. Ofícios vários, o sertão e o litoral reunidos, ocasionavam certas divergências de prosódia e semântica, mas essas bagatelas não conseguiam separar-nos. O porão do Campos era muito diverso. Justapuseram-se ali duas sociedades inconciliáveis: uma afeita às ideias e aos costumes regulares, mais ou menos confessáveis e permitidos; outra incursa em velhas censuras, em desprezos e temores públicos, dirigindo-se por normas ignoradas cá fora, regras absurdas. A primeira, centena e meia de políticos, aglomerava-se à entrada, em silencioso assombro, a atividade morta; a segunda, quatrocentos ou quinhentos malandros, vagabundos, ladrões, refugo tumultuoso, fervilhava e zumbia naquele esgoto social como um formigueiro assanhado. O número superior e adaptação completa ao meio tinham suprimido nos últimos qualquer vestígio de constrangimento ou pejo: mexiam-se à vontade, expondo os seus costumes, horríveis mazelas, não parecendo sentir a abjeção. Coisas duvidosas, vagamente suspeitadas, surgiram nuas à luz das lâmpadas, patenteavam-se em voz alta, com a mais perfeita naturalidade. Haviam organizado uma espécie de governo. A polícia, lá de cima, incumbira disso Moleque Quatro, indivíduo reimoso, forte na capoeira e no samba, presumível autor de mágoas em verso dedicadas a um ingrato: "Implorar só a Deus..." Esse poder se exercia discricionário, simultaneamente justiça e execução, regido por leis próprias, reconhecidas e inapeláveis. No movimento e na balbúrdia realizou-se um processo. Moleque Quatro nomeara alguns assessores: mantinham, com ameaças e rasteiras, a ordem singular das cloacas humanas e, em caso de necessidade, incorporavam-se em tribunal. Essa guarda temerosa reconheceu um alcaguete a dissimular-se na multidão, pegou-o, levou-o rápida ao chefe e logo se transformou em júri. O alcaguete é um delator – e para ele os criminosos são inexoráveis. O descoberto naquela noite veio trêmulo e mudo, com duras contas a agravar-se em depoimentos medonhos de testemunhas furiosas, num instante convertidos num libelo coletivo. Nenhuma defesa. Ouvidas as culpas, Moleque Quatro refletiu, coçou a carapinha e decidiu:

– Vai morrer.

No estranho julgamento o carro andava diante dos bois: proferia-se a sentença e depois os jurados se manifestariam; confirmavam-na ou recusavam-na, mas não seria fácil absolverem um sujeito sumariamente condenado, esmagado por acusações tremendas. Aceitaram a decisão, unânimes.

– Vai morrer

Nesse ponto o infeliz, aturdido, pareceu despertar. Caiu de joelhos, balbuciando súplicas abjetas:

– Seu Quatro, pelo amor de Deus. Eu sou casado, sustento família. Tenha pena de meus filhos, seu Quatro.

O negro ouvia impassível:

– Não tem jeito não. Vai morrer.

Causava assombro a ideia de que fosse possível realizar-se ali, perto de homens fardados e armados, uma execução. Provavelmente queriam apenas intimidar o desgraçado. A firmeza dos juízes, a curiosidade ansiosa da assistência, as covardes lamúrias do réu desviavam essa conjetura. A gente da superfície via a máquina subterrânea a funcionar

— e arrepiava-se. Imaginara a existência dela, uma existência vaga, apanhada em jornais e em livros. A realidade não tinha verossimilhança. Estava, porém, a entrar pelos olhos e pelos ouvidos. Mãos a torcer-se no desespero e o rogo choroso:

— Tenha pena de meus filhos, seu Quatro.

Esboçou-se uma horrível piedade na cara do negro. E veio comutação da pena:

— Está bem. Não vai morrer. Vai sofrer trinta enrabações.

É medonho escrever isso, ofender pudicícias visuais, mas realmente não acho meio de transmitir com decência a terrível passagem do relatório de Chermont. A nova sentença foi aprovada com alvoroço. Desfez-se a assembleia. E a um canto, cercado por exigências numerosas, trinta vezes o paciente serviu de mulher. Não era o único: outros já se estavam dedicando a esse exercício. Um político esbarrou num casal, não conteve exclamações de surpresa.

— É besta? — exclamou o passivo entortando o pescoço, erguendo a cabeça, indignado — Nunca viu um homem tomar...

As incursões naqueles domínios tinham perigo, sujeitavam pessoas incautas a ofensas graves e equívocos vergonhosos. Notando isso, alguns imprudentes recuaram num sobressalto, foram agrupar-se junto à escada, na luz que vinha da escotilha. Mas não se acharam em segurança; rondas agoureiras mostravam claro o intuito de subordiná-los à regra ordinária; com certeza seriam forçados a defender-se em luta física. Não chegaram às vias de fato. Percebendo a situação, Moleque Quatro exibiu prestígio e força, amorteceu os intentos agressivos com diversos rabos-de-arraia:

— Em comuna aqui ninguém toca.

Alongou o braço, indicou uma linha indecisa, a limitar os dois campos:

– Este pedaço é dos comunas, o resto é nosso. Aqui ninguém bole com eles. Agora se algum passar para lá, não garanto nada.

A imaginária fronteira impediu atritos; o esboço de rixa extinguiu-se, e durante a viagem as duas facções detiveram-se ali, a alguns centímetros uma da outra, como se um muro as separasse. As mais altas autoridades lá de cima não teriam meio de fazer-se respeitar assim. Capoeiragem sábia, um gesto – e a resolução clara. Não se falava mais nisso. Castigos horríveis – e obediência. Provavelmente se achavam longe da costa quando um sujeito daqueles foi morto. Agora, apinhados em alguns metros de soalho, operários e burgueses viam de longe a efervescência de cortiço e não souberam se se tratava de um novo julgamento. Rebuliço, desordem, correria, gritos, e um pedaço de tábua feriu uma cabeça, esmigalhando ossos, descobrindo miolos. Movimento de recuo, e na clareira aberta no rolo a vítima apareceu a estrebuchar nas últimas convulsões. Em minutos ficou em sossego. Uma corda baixou da coberta; amarrado, o cadáver se levantou, subiu, sumiu-se na boca da escotilha. Nenhum inquérito. Indiferença, esquecimento. Na verdade Moleque Quatro não bazofiara ao condenar friamente o delator: se o tivesse liquidado, não lhe viriam pedir contas, pois a eliminação de uma vida pouco influiria no cadastro policial: uma ficha a menos. E as sindicâncias não teriam resultado: o crânio partido e o cérebro exposto serviam de exemplo, atavam as línguas, a indicar as represálias em caso de traição. Ninguém se arriscaria a depor. Insignificância. Iriam remeter o corpo ao necrotério ou jogá-lo na água?

Na comprida noite, alcançaram afinal o destino. Manobras, falas e gestos equívocos; perceberam a custo que haviam chegado, iam sair da gaiola movediça e recolher-se noutra, fixa. Ordens ríspidas a conjugar-se, anular-se, barulho; não sabiam onde se achavam. Iam e vinham, maquinais. Pegaram as bagagens, subiram como sonâmbulos a escada e mergulharam na treva, rodeados de polícias. Demora, formalidades incompreensíveis, depois a marcha vagarosa em caminhos ásperos, a galgar e a descer morros. Criaturas invisíveis, coléricas, desferiam golpes e insultos, e era absurdo que a sombra e o silêncio provocassem tais brutalidades. A ausência de reação, embotamento, pancadas em falso aumentavam a sanha dos agressores.

Nessa altura a narração embrulhou-se, perdi a sequência dos acontecimentos. Dois ou três se haviam alargado, crescido muito, e inclinava-me a julgá-los produto de imaginação doente. A aparência estranha de Chermont fazia-me supor que ele estava a devanear. Contudo, esse desarranjo possível no juízo, a metamorfose realizada tão depressa, a coisa interna e a externa a conjugar-se deviam ser consequência da vida anormal descrita. As marcas horríveis não eram fantasia. Tinham-se originado no porão, ganho relevo nos padecimentos físicos e morais consecutivos. As causas deles chegavam-me aos ouvidos, fora do tempo, desconexas. Riachos a gemer no escuro. Os guardas ocupavam as pontes estreitas e forçavam a multidão cansada a meter-se na corrente fria. Enorme galpão coberto de zinco, um milheiro de criaturas famintas a dormir em esteiras podres, monturo de chagas e vícios, a mucurama a roer carnes, os ladrões a apossar-se de objetos miúdos. Essa piolheira esvaziava-se pela manhã.

Seguiam turmas para trabalhos diversos, e num cercado próximo os inválidos arriavam, no desânimo e no silêncio, entre panos imundos a secar ao sol. Duas vezes por dia extensa fila transpunha o portão, movia-se devagar num pátio branco, dirigia-se ao refeitório, que tinha um cheiro de carniça. Os braços cruzavam-se na obediência humilhante, as cabeças rapadas curvavam-se diante de um polícia bêbedo. Fome. A horrível comida insuficiente arruinava estômagos e intestinos. Nenhuma relação com o exterior, ausência do mundo, abandono completo. Além das grades, o destacamento policial, a direção percebida na figura nanica de um anspeçada irascível e mau; no alojamento ignóbil, a predominância dos vagabundos e malandros, os sequazes de Moleque Quatro a vigiar. Era terrível e burlesco. Homens aniquilados, na dependência arbitrária de um anão irresponsável, de um criminoso boçal. Essas duas potências harmonizavam-se. Na imensa porcaria, duzentos indivíduos postos fora da sociedade achatavam-se numa prensa, ódio em cima e embaixo.

A voz lenta e grave calou-se. E o Pavilhão caiu num sossego lúgubre. O resto da noite os farrapos sujos de notícias loucas me perseguiram, picaram e moeram, associando-se aos percevejos e às traves duras da cama.

capítulo 23

APARÊNCIA de Enzmann Cavalcante me surpreendeu. Os olhos baços, frios, a boca entreaberta, o rosto longo, inerte, como se os músculos se houvessem distendido, bambos e sem força. Caminhava devagar, arrastando as pernas com dificuldade. Tentei puxar conversa, examinar as causas da murchidão; resmungou monossílabos difíceis, contrafeito: era evidente que não se achava de nenhum modo propenso a falar. Respeitei-lhe a depressão e a reserva, julgando inútil qualquer interesse: os dois Campos da Paz, Valério Konder e outros médicos iriam com certeza dar-lhe remédio.

Passeando na Praça Vermelha, entre relações de graus diversos, dos companheiros nordestinos à gente do Pedro I, meio desconhecida, parei diante de um cubículo, vi lá dentro uma pessoa encolhida na cama, a tiritar debaixo da coberta. Avizinhei-me, distingui Gikovate, o doutor judeu recém-chegado:

– O senhor está doente?

A minha curiosidade solícita e indiscreta foi recebida com um gesto de agradecimento pesado, um sorriso dúbio, um lento volver das pálpebras caídas. A mesma frouxidão observada pouco antes, o desânimo esquisito – e impossíveis as explicações. Fugia ao polonês a maneira razoável de acolher-me e despedir-me logo; embaraçava-me nas conveniências que me diziam ser estúpido ir perturbá-lo – e estávamos como dois brutos. Não devia ter-me insinuado ali. Queria reduzir a impertinência, oferecer os meus préstimos e sair, mas o esforço do Gikovate em deter-me, fingir compreensão, aumentava-me o desassossego. Necessário retirar-me, e não me ocorria a despedida trivial.

Fiquei minutos compridos a observar a devastação na fisionomia do homem, a procurar em vão ideia ou fórmula, sentindo vagamente que principiava a contagiar-me. Pensava na máscara de Cavalcante, vi-a pregada no rosto de Gikovate, e a coincidência me agravava a disposição mórbida. O receio de tornar-me assim jogou-me fora da célula.

O pavimento inferior estava quase deserto. Outras figuras pálidas encolhiam-se, esgueiravam-se, deram-me a impressão de moscas envenenadas a debater-se a custo, a esmorecer num sussurro. Faltavam-me a palavra e o desejo de comunicar; provavelmente aquelas pessoas também se desviavam de mim, precisavam isolar-se.

Recolhi-me atenazado pelas recordações que me haviam feito deixar a cama cedo, procurar distrair-me aderindo aos grupos, aperuando o jogo de xadrez. Mas a gente se dissociava, os tabuleiros dormiam. Um logro. Fora desanuviar-me e regressava pior. As caras de palmo e os vultos piongos levaram-me a supor-me também desfigurado. Talvez já me houvesse levantado a exibir os mesmos sinais. Apenas não tinha consciência disto. Agora me revia nos outros, como em verídicos espelhos, e assaltava-me o desânimo, a quebreira.

Era possível que o meu desarranjo se refletisse neles – e reciprocamente nos desconchavávamos.

Cansaço, gastura, a carne e os nervos a embotar-se. Consequência da noite horrível, sem dúvida, a trave a roçar-me as costelas, os dentes dos percevejos, as cenas do porão e da Colônia Correcional. O relatório de Chermont nos demolia. No sono inquieto ou na vigília da noite extensa não calculávamos o estrago, buscaríamos em nós mesmos força bastante para restaurar-nos. O dia, abertas as grades, nos revelava de chofre o desmantelo e nos desarmava. Estávamos fracos e incapazes.

O abafamento. Esta palavra circulou, batizando a morrinha coletiva – e pensei no banzo dos negros, no mal-triste do gado. Era um nome apenas, mas com ele nos vinha um começo de explicação. A história desgraçada nos contaminava. Abafamento. Não me haviam falado nisso, a moléstia me pegava de surpresa. Conhecia-lhe os primeiros efeitos, via de longe viventes combalidos tentando livrar-se do singular enjoo. Lembrei-me do porão do Manaus, das trouxas vivas a arfar, a vomitar, na porcaria extrema. Não me abatera: uma semana de jejum me deixara lúcido, a mover-me aos solavancos entre as redes oscilantes, a redigir notas a lápis no camarote do padeiro. Agora não me seria possível andar ou escrever. Reminiscências da estúpida viagem me perseguiam: o cachimbo e a placidez de Macedo, o estrabismo de Lauro Lago, as mangas curtas de Van der Linden, a cicatriz de Epifânio Guilhermino, a careta medonha de Gastão, Leonila e Maria Joana a torrar num beliche improvisado. Evidentemente isso eram correlações a que pretendia segurar-me. Um novo porão anexava-se ao primeiro, sobrepunha-se a ele, enchia-se de minúcias temerosas, horríveis por não terem sido vistas por mim: Se aquelas misérias me passassem diante dos olhos, decerto não me impressionariam tanto; observadas por outro, lançadas no papel, não queriam fixar-se, prestavam-se a exageros e interpolações. O abafamento progredia, rápido; agora o conhecíamos – e nos tornávamos por isso mais vulneráveis. A ideia de moscas tontas a desfalecer no inseticida, batendo as asas lânguidas, vinha-me com insistência. Algumas procuravam resistir à sonolência mortal. Em cima, no terraço, os militares excediam-se na ginástica.

– Pelo amor de Deus, seu Quatro. Tenha pena de meus filhos.

Nem todos se impressionariam com a súplica nojenta babada por um infeliz cheio de pavor: o quartel amortece demasias de sensibilidade.

– Vai morrer. Não tem jeito não. Vai morrer.

Walter Pompeu se eximiria facilmente da prostração. Homem sólido, a divagar pelos assuntos com intemperança e leviandade, sem deter-se em nenhum, aceitava o homicídio e ria-se dos nossos escrúpulos, bobagens, teias de aranha. Na verdade a morte do vagabundo não me preocuparia. Com frequência, eles por aí se acabam, em rolos sangrentos. Os jornais tentam comover-nos espichando brigas, e viramos a folha, impassíveis. As facadas e os tiros não nos abalam. Mas o acessório brutal, as formalidades esquisitas, as frases absurdas e insubstituíveis desarrumavam-me conceitos mais ou menos estabelecidos. Isso e a troca infame da pena. Torturavam-me aqueles fatos imprevistos e inverossímeis. Ou não seriam eles que me torturavam: era talvez o reconhecimento da minha insuficiência mental, da incapacidade manifesta de enxergar um pouco além da rotina. Acomodava-me a ambientes novos – e quando neles surgia uma brecha, alarmava-me. Articuladas as peças da narrativa, via-me forçado a achá-la natural. Por que não fizera isso antes, não admitira sem auxílio os casos vergonhosos e medonhos? Evidentemente não podiam ser de outro modo. Afirmava que não podiam ser de outro modo, mas na véspera estivera longe de supor tal coisa. Notava a deficiência e perguntava como diabo me atrevia, a fazer obra de ficção. Nada me interessava fora dos acontecimentos observados. Insignificâncias do ramerrão. Umas se reduziam, quase se anulavam, outras avultavam, miudezas ampliadas. Restava saber se era exequível uma aparência de realidade isenta da matéria que nos cai debaixo dos sentidos. Essa questão me perseguia, muitas vezes me desviava do trabalho maçador, das conversas ociosas na Praça Vermelha. Conseguiria um sujeito livre, em casa, diante de uma folha de papel, adivinhar como nos comportávamos entre aquelas paredes escuras? Tipos iguais a mim seriam incapazes disso. Não se tratava, porém, da minha incapacidade; outros dispensariam exames e sondagens, criariam mentiras de vulto, superiores ao que me caía na pena, mentiras também, povoadas de minúcias rigorosas, exatas.

– Seu Quatro, pelo amor de Deus, tenha pena de meus filhos.

Meses atrás, se me houvessem repetido esse miserável rogo, exposto as consequências dele, me afastaria incrédulo. A existência anormal obrigava-me a considerar verdadeiro o relato singular, a princípio com relutância, depois a dizer comigo mesmo que as coisas não se poderiam passar de maneira diferente. O jejum, a sede, a asfixia no porão do Manaus, e uma noite a julgar-me vizinho da loucura, davam-me perfeita ideia do meio estranho. As personagens mencionadas não difeririam muito dos faxinas, do rapaz amável que tinha uma lúgubre tatuagem no antebraço, do rufião da galeria, vaidoso e besta, a descobrir, num sorriso fixo, o dente de ouro. Uma voz martelara-me os ouvidos. Se eu tivesse visto a cara do leitor, divisaria nela a sombra de passagens fugidias, inexistentes na exposição. Uma voz apenas – e era o bastante. A violação do garoto, o assassínio involuntário cometido por alguém que desejava permanecer na cadeia aproximavam-me daquele mundo. Os rumores enfraqueciam, em redor numerosos indivíduos se alquebravam parafusando o relatório. Convencia-me disso, mas nada me provava que o abafamento fosse geral. Estaria possivelmente a equivocar-me atribuindo aos vizinhos cogitações, divagações, produtos do meu desassossego. Percebera fadiga em diversos rostos, alguns traços deformados – e apressava-me a estender ao grupo mudanças individuais, emprestava-lhes caráter epidêmico. E teria realmente observado aqueles sinais? A vista perdia a segurança, efeito com certeza da luz escassa; difícil ler à noite; quando me soltassem, veria-me obrigado a usar óculos. Os objetos surgiam trêmulos. Sulcos, hiatos. Quem sabia lá se isso não me levara a conclusões falsas? O resto do Pavilhão não se impressionava com o relatório. Ou estaria a impressionar-se de maneira diversa. Um grito me perturbou a inércia. Virando-me a custo, vi no outro lado, à porta de um cubículo, Dinarte Silveira, sacudindo os braços, a esgoelar-se:

– Queremos ir para a Colônia Correcional. Queremos.

Um instante fiquei apalermado, mal acreditando na exigência idiota. Um riso satisfeito, a barba ruiva a agitar-se confirmando a energia do verbo repetido:

– Queremos ir para a Colônia Correcional. Queremos.

Donde provinha semelhante explosão? Conjeturei que Dinarte se abalava em excesso, queria eliminar do pensamento aqueles horrores entrando neles. Era meio de apagá-los, meio desgraçado. Pelo menos adquiririam proporções razoáveis, não continuariam a desenvolver-se, alterando-nos a vida trivial, empeçonhando as conversas e o jogo de xadrez. Anulei essa possibilidade. Nenhum indício de abatimento em Dinarte. Alegria; confiança, todas as sílabas da pretensão doida articulando-se com firmeza. Tínhamos então ali bazófia em demasia, supus.

Estranha fanfarronice. Aquilo me fazia temor e raiva. Deviam obrigá-lo a calar- se, avisá-lo de que não tinha o direito de falar no plural, como se nos representasse: "Queremos."

Prosápia estulta. Claro que nos faltavam recursos para desafiar a polícia. Ninguém reclamou: evitavam revelar fraqueza. Nesse dia e noutros Dinarte vociferou o desconchavo, estragando-nos a leitura, o jogo e a comida. Capacitei-me enfim de que ele não receava a Colônia Correcional. Capitão do exército, firmava-se em prerrogativas: não iriam misturá-lo com vagabundos, ladrões e pederastas. Abusava, assim, do privilégio de casta para exceder-se numa provocação inútil. Seria apenas inútil?

– Queremos ir para a Colônia Correcional. Queremos.

Evidentemente ele não queria ir. Mas aparentava desejar que os outros fossem. Não podia esquivar-me de atribuir-lhe esse desejo. Calava-se – e era um sujeito amável em excesso: delicadeza fria, sacudida, cheia de pausas, ângulos, sorrisos. Lançava de novo o brado irritante. Essa necessidade ostensiva de se tornar desagradável não parecia vir de homem tão cortês. De alguma forma distinguíamos ali uma espécie de compensação. Que interesse tinha o oficial em prejudicar-nos? Em alguns meses quatro levas foram mandadas para a Colônia. É possível que o pedido insistente não haja contribuído para isso; as listas viriam de qualquer jeito, as filas atravessariam em silêncio a grade larga. Mas Dinarte manifestava prazer.

– Queremos.

As levas sucessivas ainda não o contentavam. O grito nos perseguia, cascava-se ao canto de galo do português.

capítulo 24

DESCI a escada, alinhei-me na fila, à hora do almoço. Os militares do Pedro I haviam modificado um pouco os nossos hábitos. Agora um oficial recebia os caixões da comida à porta, examinava tudo com rigor e fazia a distribuição; os faxinas de parte, foram reduzidos a simples carregadores ou ocupados em trabalhos auxiliares. Qualquer reclamação seria efetuada na ordem, já não precisávamos rebentar louça em protestos furiosos.

Encarregava-se do serviço naquele dia um rapaz alto e encorpado, terrivelmente sério, cuidadoso em minúcias; parecia executar uma tarefa na caserna. Movimentos regulares, precisos, a fila a mover-se com exatidão, como uma corda de relógio. Dois passos à frente – e um indivíduo se despachava: recebia o talher, a refeição; dava mais dois passos e cedia o lugar ao companheiro subsequente. Aquilo durava um minuto. E para o moço grave e meticuloso significaríamos, talvez, nessa pontualidade, minutos apenas. Sucedeu-me não ter consciência de que me resumia a uma fração de tempo – e, sem querer, determinei ligeiro atraso no mecanismo. Quando a minha vez chegou, avancei os dois passos necessários, tomei o prato, a faca, o garfo, a colher, a banana e a laranja.

– Faz o obséquio...

Desviei-me para não incomodar o sujeito que vinha atrás de mim.

– Faz o obséquio de trocar esta sobremesa? Pode arranjar-me duas bananas?

O rapaz assentiu:

– Está bem.

Devolvi as frutas e aguardei a substituição. Demorei-me ao pé da grade, junto aos caixões, estorvando a passagem. O oficial dedicou-se ao trabalho, quis depois com um gesto despedir-me:

– Que é que há?

– Estou esperando a sobremesa.

– Já dei.

– Perfeitamente. Deu, mas concordou em trocá-la. Eu restituí, não se lembra?

– Já dei.

– O senhor está equivocado. Ora essa!

Faltaram-me as palavras. E ouvindo a reafirmação de que me haviam atendido, enchi-me de vergonha e cólera, perdi os estribos:

– O senhor julga que lhe venho furtar duas bananas? Que é isso?

Lembro-me de haver feito essa pergunta, mas não me lembro do resto. Devo ter falado muito. Ignoro o que disse, o que me responderam. Sentia-me duramente ofendido – e arreliava-me em despropósitos cegos. Esforçara-me longos anos por vencer esses impulsos; conseguira abafar a voz estridente e coibir o pestanejar excessivo; a obrigação de escrever levara-me a expressar-me com atenção, analisar as frases antes de largá-las. Os efeitos custosos da paciência demorada num instante se perdiam.

Retirei-me, subi os degraus de ferro, entrei no cubículo, joguei o prato ao chão, sentei-me na cama, atordoado, buscando relacionar pedaços do infeliz acontecimento. O essencial era uma injúria sem motivo. O resto não tinha grande valor. Certamente o rapaz, de músculo rijo afeito ao exercício, me replicara com violência, mas isto não me deixara vestígio na memória. O que me indignava era alguém supor-me capaz de uma ridícula safadeza e, em consequência, obrigar-me a desatinar, esquecer disfarces penosamente adquiridos. Afligiam-me as irreflexões escapadas, logo desfeitas, a aspereza, o gesto desabrido. Julgava-me livre disso. Que estupidez! Curtia amarguras quando vi chegar Walter Pompeu, cheio de reservas, uma admoestação engatilhada:

– Você foi muito grosseiro com Euclides lá embaixo.

– Que Euclides?

Soube então que o rapaz se chamava Euclides de Oliveira. Vejam só.

Despropositara com uma pessoa e nem lhe sabia o nome.

– Não é verdade. Ele é que foi grosseiro comigo.

Entrei a explicar-me, tentando espalhar o ressentimento. Walter não se convenceu. Mastigando um sorriso manhoso, negava-me as razões, deturpando o caso. Tinha prazer em atormentar-me.

– E depois ele é um capitão do exército. Você devia pensar nisso.

Ergui-me entalado, a respiração presa, cólera doida a fechar-me a garganta. Invadia-me de novo a fúria de besta. Walter Pompeu me examinava com ar malandro. Contive-me, tomei fôlego, rosnei mais ou menos este discurso, rouco e em fragmentos:

— Não pensei. Realmente não pensei. Um capitão do exército, sim senhor. Devia ter pensado. Você também é capitão. Na sua presença ficamos de pé, firmes, em posição de sentido, fazendo a continência. Somos cabos. "Pronto, seu capitão!" É o que vocês desejam. Capitães. Gente horrorosa. Vocês são todos umas pestes.

Foi esse desgraçado momento que Euclides de Oliveira escolheu para entrar:

— Fulano, venho pedir-lhe desculpa. Fui injusto com você há pouco.

Digno e frio, de vista baixa, ofereceu-me duas bananas. Demorou-se um instante em silêncio; vendo-me incapaz de falar, deu meia-volta e sumiu-se na plataforma.

Não me fugia apenas a voz; aniquilava-se o entendimento: era como se me houvessem golpeado a cabeça, desarranjado os miolos. Veio-me depois a horrível impressão de ter sido humilhado por alguém muito forte, que me impedia todos os meios de defesa. Se Walter Pompeu continuasse a provocar-me, não me viria à boca a mais ligeira réplica. Doía-me reconhecer-lhe o direito de aconselhar-me, importunar-me: revelara sensatez, e eu me excedera em despropósitos. O meu juízo a respeito dos militares desmoronava-se, um sujeito de farda aplicara-me lição bem rude.

A princípio não enxerguei a súbita generosidade: impressionaram-me a solidez, o modo correto do homem, a presteza com que avaliara a situação, reconhecera o próprio erro e decidira eliminá-lo confessando-o e desprezando os meus excessivos melindres. O espinhaço erguido, surgira mecânico e rijo, marcial; parecia executar uma ordem, obedecer à voz do comando; isto suprimia da confissão qualquer vestígio de rebaixamento. A fala breve, sacudida, ríspida; os olhos permaneciam baixos. Viera liquidar uma dívida. Ajustara as contas, pagara, saíra sem levar o troco, deixando-me estarrecido e imóvel, na situação miserável de quem se resigna, a embolsar uma gorjeta. Havia crueldade na excepcional retratação; o procedimento sincero, improviso, contundia-me.

– Desculpe. Fui injusto com você.

Rápido e seco, libertara-se de um dever, como se aquilo se determinasse no regulamento. Não me ocorrera ver um homem reconhecer-se em culpa de semelhante maneira. No caso dele, eu me embrulharia em divagações, inutilmente buscaria a forma razoável de vencer a dificuldade. Não, não me sucederia tal coisa. Nem sequer chegava a imaginar-me nesse apuro, alheando-me em avanços e recuos infelizes: recearia mostrar-me covarde, me esforçaria por justificar-me só, engenhando motivos, dando-lhes consistência. Se esses pretextos falhassem, o mais certo era afastar-me do contendor, empregar todos os meios para esquecê-lo. Não seria a ausência de bons propósitos, mas a impossibilidade física de realizá-los. A fraqueza me inibia de expor uma falta, livrar-me dela como Euclides, leal e aprumado, a voz áspera, uma ruga na testa. Findo o assunto, voltara-se, dera alguns passos, volvera à esquerda e sumira-se na plataforma.

Restava-me o consolo chinfrim de asseverar a mim mesmo que não me podia comportar como soldado. Habituara-me às perfídias e às maranhas, e era preciso a gente afastá-las com mão de gato, não mostrar as garras sem a certeza de usá-las bem. Gestos oblíquos, sorrisos falsos, dentadas de morcego – educação de criaturas débeis. Nunca ninguém se acusara na minha presença. Necessário ambientar-me, não cair em novas indiscrições.

Sentei-me, olhando o prato cheio entregue às moscas, no chão. Vendo-me arrasado, Walter Pompeu quis prender-me o interesse noutra coisa. Mas não me achava em condições de entendê-lo.

capítulo 25

A SEGUNDA leva que partiu para a Colônia Correcional não nos impressionou tanto como a primeira. Em seguida foram outras, mas agora não havia surpresa: sabíamos pouco mais ou menos o que nos podia acontecer, e quando a porta da frente se escancarava e o funcionário desdobrava a lista, começava a chamada, ficávamos de orelha em pé, cheios de apreensões. Aquilo realmente não alcançaria todos: a lembrança de posições anteriores, antigos privilégios de classe ainda não se haviam extinguido: alguns sujeitos conservariam restos de influência. Ignorávamos, porém, até que ponto essas vantagens permaneciam e quais os indivíduos alcançados por ela. Tínhamos de contentar-nos com suposições, não raro desmentidas pelos fatos. Certas figuras de algum prestígio eram levadas, enquanto miudezas sociais escorregavam no meio superior, mantinham-se dias e meses boiando na superfície, como se fossem leves demais. De repente afundavam. Outras subiam. Quanto a mim, refugava ilusões: a qualquer momento viriam buscar-me, jogar-me entre vagabundos e malandros.

Não havia motivo para isso, mas era bom evitarmos apurar motivos. Por acaso me achava ali, por acaso me afastariam, firmava-me neste pensamento. Já me haviam feito andar em três Estados e conhecer cinco prisões. Novas mudanças arbitrárias, inexplicáveis, chegariam. Via-me submetido a cegos caprichos de inimigos ferozes, irresponsáveis, causadores de males inúteis. Essas trapalhadas obedeciam certamente a um plano; em vão me esforçava por entendê-las e propendia a julgá-las estúpidas. Sem dúvida tencionavam provar-nos que eram fortes, podiam fazer conosco um jogo de gato com rato. Ao mesmo tempo, em notas oficiais e em discursos badalados no Congresso, tentavam abafar tênues rumores, notícias vagas de maus tratos. A liberdade de imprensa funcionava contra nós, achava o governo excessivamente generoso, e essas mentiras me davam a certeza de que a reação ainda precisava enganar o público e não dispunha de muita força, como nos queria fazer supor. O interesse dela, pensei, estava em conservar-nos longe dos porões e da Colônia Correcional. Pretendia decerto causar-nos medo, oferecer-nos duro escarmento. Se não aguentássemos a prova, se rebentássemos, para que lhe serviria isso? E, se resistíssemos, iríamos divulgar lá em cima fatos ocultos aos contribuintes do imposto, da missa, do carnaval e do cinema.

As idas e vindas entravam pouco a pouco na rotina. Quando a lista aparecia, chegava-me à grade, atento à leitura, esperando que me chamassem. Isso não se dava – e despedia-me dos homens postos em fila, a bagagem no chão, de banda, recolhia-me, isento das incertezas da primeira noite. Não me aventurava a oferecer-lhes prognósticos de liberdade: ninguém me acreditaria. Bem. Dentro de algumas semanas bateria a minha hora, firmava-me nesta convicção e eximia-me ao abafamento. Não me agarrariam de surpresa. Até lá, seria bom atordoar-me, varrer da lembrança os pormenores ignóbeis do relatório. Aquilo estava previsto. Para que chocar probabilidades agoureiras?

Outros se achavam também nas minhas disposições, e em consequência organizamos um jogo de poker no cubículo 35, a ficha a quatrocentos réis. Ignoro donde veio o baralho.

Chegou numa sexta-feira, oculto numa bolsa de senhora, ou foi contrabandeado pelo faxina. Eram cartas novas. E com elas vários sujeitos, Sebastião Hora, Macedo, José Brasil, Ventura, eu, arriscamos as nossas fortunas cautelosamente, no *full-hand* e no *four*. Na opinião dos jogadores os *gentlemen* são homens que sabem perder como se sentissem prazer nisto, indiferentes ao dinheiro, entregando-o com um sorriso aos adversários felizes. Sendo assim, o mais perfeito *gentleman* que vi foi Álvaro Ventura, homem lento e gordo, estivador em Santa Catarina, o primeiro comunista eleito para a Câmara federal. Tinham-lhe suprimido o mandato, e vivia conosco, aguardando lugar na Colônia Correcional. Aproximávamos duas camas, entre elas colocávamos a mala de Sebastião Hora, e essa ponte nos servia de mesa. Sentávamo-nos aos cantos, buscávamos anestesiar-nos violando o regulamento da prisão. O diretor estava longe, os guardas fingiam ignorar que os miseráveis quadrinhos de papel, disputados com avidez, representassem valor. Para nós eram preciosos. Em dias infelizes perdíamos dez, vinte mil-réis. Ociosos ou entregues a ocupações infrutíferas, víamos de repente naquilo perda sensível. Éramos parasitas do Estado, e para os gastos miúdos com cigarros, fósforo, lavagem de roupa, outras insignificâncias, dependíamos do exterior. Alguns tinham recursos lá fora, outros se endividavam; na hora de visita havia longas prestações de contas, chegava moeda, que necessariamente seria repartida.

Um dos meios de distribuição era o Coletivo: sangrava-nos em quotas regulares para evitar desigualdades excessivas lá dentro. Mas certas pessoas envergonhavam-se de recorrer a ele, não queriam revelar penúria e aventuravam no jogo as últimas cédulas. Não me achava nesse extremo. As minguadas tiragens de dois livros pouco mais ou menos desconhecidos tinham rendido o suficiente às fracas exigências de minha mulher, e no porta-moedas ainda havia uns restos da pequena soma trazida do Nordeste. Além disso a publicação de um novo romance incutia-me vagas esperanças, de algum modo me afastava o pessimismo teimoso. Possibilidades tênues despontavam, cresciam, reduziam-se, embaralhavam-se. Vinha-me o receio de cultivá-las: podiam enganar-me. Via-me em segurança provisória, calçando tamancos, fumando cigarros ordinários, contribuindo regularmente para o Coletivo. Se isso me faltasse, me chegaria o desespero.

Foi o que se deu com Sebastião Hora. Tinha-se alargado no porão do Manaus, espalhara gorjetas, recebera alimentação de primeira classe, na certeza de sair logo. A ilusão se dissipava, morriam as prodigalidades, e o meu imprevidente amigo, cortadas as relações com o mundo, envolvia-se em duras sombras. Esforçava-se por extingui-las, na conversa afetava delicadeza excessiva, alegria descuidosa. Mas isso era postiço e findava no jogo. Qualquer prejuízo o irritava, e não conseguia disfarçar a avidez. Alarmava-me ver aquele moço generoso abandonar a pele civilizada, entregar-se a excessos de azedume e cobiça. Era preciso conhecer-lhe o desarranjo econômico, a ausência de negócios, emprego, ofício, um corte na vida por tempo indeterminado, para compreender-lhe o desassossego, a febre, a ânsia de possuir ninharias. As dificuldades dele superavam as nossas, por enquanto não via saída. Punha-me a recusar a precariedade manifesta da educação. Apêndices adquiridos em largos anos num instante se soltavam, e o rapaz amável tornava-se rude e seco.

Espantava-me de perceber em Ventura, um estivador, as maneiras corretas e a afabilidade que me habituara a distinguir no médico. Esquisito. A prisão nos sujeitava a duros abalos e surpresas constantes. Observadas nos outros, certas mudanças me assustavam; depois descobria em mim mesmo sinais de anormalidade – e tornava-me apreensivo. O enxurro de palavras insensatas numa rixa imprevista, à hora do almoço, vinha-me ao pensamento. Walter Pompeu me dissera o que não me atrevia a dizer a Sebastião Hora.

O ambiente novo nos transformava, éramos grosseiros. Queda enorme, o instinto nos dominava. Comparando-nos ao militar e ao estivador, certamente nos despojaríamos de qualquer vaidade. As marchas regulares e o transporte de fardos lhes haviam fortalecido os nervos. Afaziam-se à comida ruim, às camas ásperas, tinham poucas exigências e a ginástica diária os forçava a manter ali o equilíbrio anterior. Assim refletindo, esforçava-me por averiguar se também não me excedia em rompantes e queixas absurdas no jogo. Involuntariamente. As vezes cometemos uma falta, e é necessário que nos venham apontá-la com a franqueza tarimbeira de Walter Pompeu. É raro acharmos essas indiscrições salutares: em geral nos recebem os defeitos com muda censura, reserva fria, olhares de esguelha, sorrisos franzidos, e não temos consciência da reprovação. Se notamos isso nos outros, perdemos a naturalidade, entramos a fiscalizar os nossos atos, receando igual procedimento.

O certo é que o poker não nos deu nenhuma tranquilidade. Além desses inconvenientes, a ameaça não queria desfazer-se. Cochilava, adormecia um instante, e Dinarte vinha despertá-la, piando a exigência lúgubre: "Queremos ir para a Colônia." O pior de tudo era a repetição do extravagante desafio, lançado com pimponice alvar: "Queremos." A arrelia continuava, impossível fixar a atenção murcha no passatempo; voltávamos a pensar na viagem provável, éramos obrigados a pensar nela: aos poucos deixava de ser probabilidade, ia-se transformando em certeza. Um apelo constante nos alvoroçava, estávamos sempre a esperá-lo.

A noitinha, depois do jantar, uma voz se erguia na plataforma:

– Companheiros...

E vinha a notícia: num cárcere próximo definhavam alguns homens sujos e famintos, de volta da Colônia. Surgiam caixões no pavimento inferior, num instante se organizava um serviço de assistência. Pressuroso movimento nos cubículos, gente a entrar e a sair, depois a jogar coisas dos lados, de cima, de todos os cantos, a dois ou três sujeitos zelosos na arrecadação. Esse apedrejamento, esse curioso bombardeio de ofertas, logo pejava os caixões. Eram frutas, conservas, latas de goiabada, biscoitos, guloseimas várias em pacotes, abundância recebida na secretaria em dias de visita. As reservas de alimento esgotavam-se, estômagos delicados e paladares exigentes iam cair em rigorosa frugalidade, contentar-se com a boia da prisão. Até sexta-feira. Chegariam então novas remessas, nos guarda-ventos e nas camas apareceriam caixas de figo, vidros de compota, maçãs, peras, abacates. No consumo disso haveria parcimônia, e quando outra exigência viesse, choveriam provisões.

A minha contribuição era insignificante. Aquela rixa idiota suprimira-me o desejo de alterar a sobremesa. Agora recebia o que me davam, e depois de cada refeição punha de parte uma laranja. No fundo escuro do quarto, junto à pia, formava-se aos poucos um monte delas. Quando o aviso chegava, e o auxílio era preciso, rolavam para o rés-do-chão, verdes, amarelas, fanadas. A noção do tempo ia-se apagando. Se não me caísse nas mãos um número de jornal entrado clandestinamente, me desorientaria, perdido no calendário. Em que mês nos achávamos? Esquecia-me às vezes. Mas contando as laranjas era-me possível saber quantos dias mediavam entre duas turmas que vinham da Colônia Correcional.

capítulo 26

PEGUEI os maços de cigarros ordinários, entreguei uns níqueis ao faxina, quando ouvi rumor de tamancos, anunciando o almoço. Corria a agregar-me ao rebanho que descia a escada, avizinhei-me da fila, mas antes de entrar nela percebi a falta do porta-moedas no bolso do pijama, embaixo do lenço. Diabo. Devia tê-lo deixado em cima da cama, ao pegar os cigarros. Recuei cheio de susto. Se um dos homens encarregados da limpeza me visitasse o cubículo nos minutos de ausência? Para não perder o lugar, pedi a Sebastião Hora que recebesse o meu prato. O pobre amigo estava mal disposto, a cara fechada. Sem olhar-me, resmungou:

— Não recebo prato de ninguém não.

Afastei-me engasgado, atordoado, subi os degraus de ferro, mergulhei no quarto. Bem. Sobre as cobertas achei o porta-moedas. Abri-o, examinei o compartimento das cédulas, retirei-as, desdobrei-as, contei-as. Bem. Tudo certo, era pouco mais ou menos o que eu imaginava possuir. Recolhi o dinheiro, guardei-o no bolso, por baixo do lenço. Uma parte das inquietações se desvanecia; a outra aumentava.

Regressei ao pavimento inferior, meti-me na fila ruidosa. Mas não me achava propenso a falar: se me disseram qualquer coisa, provavelmente não respondi. Sem querer, tinha ofendido um companheiro. Desastrado. Para não me atrasar um pouco fora susceptibilizá-lo, dar-lhe incumbência por desgraça mal interpretada. Se lhe houvesse exposto o caso, a urgência de voltar ao quarto, ele me compreenderia, varreria do pensamento o intuito mesquinho que me atribuíra: supunha-me capaz de pretender rebaixá-lo. Infelizmente não me detivera nas explicações necessárias: o tempo era curto, a lembrança do faxina a descobrir a pequena bolsa, arrecadá-la, deixar-me fraco e desarmado, estorvara civilidades. Na pressa, não me ocorrera formular o pedido em regra, e o ligeiro favor tomara feição de exigência brutal. Quis avizinhar-me de Hora, desculpar-me, afirmar-lhe que não tinha pretendido incomodá-lo. Acanhei-me, porém, de mexer novamente naquilo, e temi não atinar com as palavras convenientes, dar por paus e por pedras e acabar fortalecendo aquela disposição malévola. Era melhor calar-me, tentar esquecer o desgraçado equívoco. Mas não podia esquecer. Esforçava-me por anular a incompreensão — e zangava-me.

Uma pergunta me vinha com insistência: qual seria o meu comportamento se alguém ali me solicitasse um minúsculo obséquio? Eriçaria-me, coberto de melindres? Não, decerto, nem indagaria motivos. Excluía-se a hipótese de qualquer indivíduo tencionar reduzir-me confiando-me um serviço. Meus Deus! Como era possível cultivarmos tais vaidades? Seria ridículo. Miseráveis bagatelas sociais a flutuar no enxurro, aproximando-nos, separando-nos, buscávamos amparar-nos uns aos outros. Difícil viver sem isso. De repente uma decepção, barreira a erguer-se na familiaridade obrigatória. Dirigia-

-me crédulo a uma pessoa, julgava encontrar solidariedade – e batia num muro de gelo. Convenções exteriores, preconceitos, nos separavam. Na verdade, nunca me havia ocupado em atentar nessas tolices; ali não existiam, era insensato imaginar que existissem. Inútil inchar, engrossar o papo, tentar crescer alguns centímetros estirando-nos, pisando nas pontas dos pés. Uns pobres-diabos, nada mais. O terreno se aplainava, nenhuma saliência onde nos trepássemos e nos desse a impressão de nos tornarmos salientes. Pobres-diabos. Não tínhamos viajado no porão do Manaus, dormido uma noite na galeria molhada? Estávamos ali de passagem. Mandaría-nos sem formalidades para a Colônia Correcional, apodreceríamos na esteira, cabeças rapadas, sujos, doentes, famintos. Nessa perspectiva, era demência pensar em vantagens ocasionais, evaporadas. Certo não nos iríamos acanalhar; em qualquer meio faríamos o possível para conservar a dignidade. Magoava-me notar que me supunham capaz de atentar contra a dignidade alheia. Acusei-me, tinha andado mal, devia ter feito o pedido a Sérgio: ele não se arrepiaria comigo. Em seguida reagi. Para o diabo. Nunca me viera o intuito de reduzir ninguém. Se um homem via em mim desígnios tão bestas, era ele que se reduzia. E transferi a acusação. Prosápia, fumaça.

O dinheiro escasso, dobrado, desdobrado, contado, recontado, para bem dizer não me pertencia: esbagaçava-se no Coletivo, nos empréstimos, no jogo. Resignava-me a fumar cigarros ordinários, mas os dez mil-réis necessários à caixa comum pingavam todas as semanas. Essa contribuição me desorganizava as finanças. Hora não desconhecia os meus deveres pesados. Entrei a censurá-lo, como se ele soubesse o desaparecimento do porta-moedas. Seria bom narrar-lhe o caso, expor tudo com franqueza, dissipar nuvens. Desgraçadamente isso era impossível. Ardiam-me as orelhas, envergonhava-me de mexer no assunto desagradável. Não conseguiria justificar-me: embrulharia razões atrapalhadas com jeito de evasivas. Cheguei-me à grade, peguei a comida, subi. E findava o almoço quando Sebastião Hora entrou no cubículo e ofereceu-me um prato. Depois de um longo silêncio confuso, murmurei à toa:

— Obrigado. Já almocei.

Não me inteirava da situação, a reviravolta me deixava perplexo, sem atinar com as palavras. Notei apenas que o rapaz vinha de ânimo acerbo, propenso a discutir por eu lhe haver dado um encargo inútil. Meu Deus! Coisas chatas, mesquinhas. Aludi à recusa, livre de ressentimento: não era ela que me desgostava, mas a minha impertinência. Hora impugnou a recusa. Não tinha havido recusa. Assombrei-me, olhei-o esbugalhadamente. Não tinha havido? Lembrava-me das palavras: "Não recebo prato de ninguém não." O desconchavo inteiro vinha dali; arrependera-me da inconveniência: molestara-o sem querer. Súbito a declaração estapafúrdia: não me dera aquela resposta. Examinei-me por dentro. Parecia-me ter distinguido bem todas as sílabas. E as reproduzia. Vascolejei a memória, firmei-me na convicção. Apesar de rosnada, a negativa permanecia com muita clareza. E o moço queria suprimi-la, anular o testemunho dos meus ouvidos.

O constrangimento me impedia a fala. Com esforço, tentei recompor-me, fingir serenidade, conter os dedos trêmulos. Não valia a pena altercar. Havia-me enganado, era possível que me houvesse enganado. Lamentava a ocorrência, pretendia encerrá-la confessando um erro inexistente. Hora não contemporizava; de humor insuportável, revolvia a triste insignificância, e conjeturei de chofre que ele tinha vindo com o fim exclusivo de afligir-me e provocar-me. Julguei-o inconsequente e malicioso. Vira-me lá embaixo receber o almoço e resolvera desdizer-se, questionar sem necessidade. Imaginei isso e calei-me. Receava manifestar esse juízo temerário. Não estaria sendo injusto? A resolução pacífica baldou-se. O solilóquio irritava-me, pouco a pouco me deixei arrastar, lancei apartes secos, desorientei-me, e resvalamos num bate-boca estúpido. Fomos duros, arrebatamo-nos lançando ao acaso objurgatórias amargas.

Retirei-me desesperado. Não conservava na memória nenhuma daquelas frases ásperas. Que idiotice! Indignava-me contra Sebastião Hora, increpava-lhe a má-fé, e repreendia-me furioso. Imbecil. O culpado era eu. Se não lhe tivesse bulido os melindres, nenhuma contenda nos desuniria. Agora não podíamos recuar, suprimir os doestos, embora eles nada significassem. O tempo se encarregaria de amortecê-los. Por desgraça, logo no dia seguinte, um caso miúdo, uma ninharia, cortou as possibilidades de reconciliação. Finda a lavagem do rosto na pia, enxugava-me. Desazado, bati no guarda-vento; um objeto caiu de lá, espatifou-se no chão. Baixei-me, vi junto aos meus tamancos o pincel de barba de Sebastião Hora; o cabo de louça branca estava partido em vários pedaços. Com um estremecimento, agarrei aqueles destroços, fiquei a virá-los, revirá-los, achando-me pouco mais ou menos vítima de um destino safado, inteligência maligna que se aprazia atormentando-me. Projetos em chusma fervilhavam-me na cabeça, misturados e incompletos. Ainda não alcançava a importância do caso, e sentia-me impelido a uma decisão. Afligia-me a ideia de não se haver quebrado apenas um minúsculo utensílio, mas qualquer coisa imponderável, de muito valor. Evidentemente era impossível consertá-la, reduzida a cacos, esfarelada. Pensei na substituição. Embalei-me durante algum tempo na esperança de obter um pincel como aquele, do mesmo tamanho, o cabo de louça branca. Daria a encomenda a um guarda, lhe pediria exatidão rigorosa na forma, na cor.

Cheguei-me ao passadiço; nenhum sinal de farda pela vizinhança. Desci à Praça Vermelha, investiguei as celas, fiquei meia hora junto à grade, olhando o vestíbulo. Por que não aparecia um dos malditos carcereiros? Devagar o desânimo surgiu. Quando não eram precisos, os miseráveis andavam por ali; de repente se sumiam, canalha imprestável. A indiferença à minha terrível necessidade causava-me tremuras. Acossava-me a urgência de pôr um traste igual ao outro em cima do guarda-vento, colocá-lo depressa, antes que o meu companheiro notasse a falta. O guarda não vinha. E se viesse, se recusaria talvez a satisfazer-me a exigência, se espantaria dos excessivos pormenores, faria a compra desatento. Assombrava-me ver uma desgraçada miudeza assumir tais proporções, inquietar-me assim, varrer-me do espírito os cuidados normais. Tinha dez centímetros, menos de dez centímetros: pus-me a afirmar e repetir isto. Como era possível semelhante exiguidade transtornar uma pessoa? O guarda não aparecia. O caminho certo era avizinhar-me de Sebastião Hora, levá-lo para junto da pia e dizer-lhe tudo: reproduzir os movimentos, a esfregação da toalha, a pancada no móvel, a consequência, o prejuízo. Era o que eu devia fazer. E não achava força para isso. Atrapalharia-me, embaralharia a exposição – e enxergando uns olhos suspeitosos, um sorriso franzino e irônico, baixaria a cabeça, em silêncio, mostrando culpa. Este horrível encolhimento vedava a franqueza.

Afastei-me da grade, caminhei sem rumo, apertando nas mãos úmidas o feixe de pêlos, atado por um cordel, e os fragmentos de louça. Por que não me decidia a jogar fora aquilo, desembaraçar-me do vexame desarrazoado? Os faxinas entregavam-se à baldeação. Tinham removido a cobertura do esgoto, varriam, lavavam, atiravam jatos escuros para dentro do canal estreito. Demorei-me a vê-los trabalhar, em pé, junto às pranchas amontoadas à borda. Porcarias rolavam no enxurro.

O meu intuito era jogar nele as outras porcarias que estavam a sujar-me os dedos. E não me aventurava a isso. Talvez os faxinas me observassem a furto, me adivinhassem o propósito nos modos esquivos. Outras pessoas estariam a examinar-me, a contar-me os passos, medir-me os gestos. Achavam-me com certeza esquisito, ali parado, o braço pendente sobre o riacho negro. Se me resolvesse a abrir a mão, me livraria daquele peso.

Retirei-me, subi a escada, meio disposto a encarar Sebastião Hora, explicar-lhe o incidente. Minguava-me a coragem. Na véspera isso não teria sido muito difícil, mas agora, depois da nossa contenda absurda, como narrar-lhe o fato, convencê-lo de que se tratava de um acaso estúpido? Conservava-se arredio, espinhoso e agreste. Não me daria crédito; em vão se esforçaria por ocultar os espinhos e a dureza; a máscara cortês mal disfarçaria a contrariedade. Para o diabo. Entrei no cubículo. Era idiota mortificar-me naquela horrível indecisão. Estava claro que não havia recurso, nenhum recurso. Livrei-me do calçado, equilibrei-me em cima da pia, atingi a grade que dava para o exterior, arremessei por ali os restos do pincel. Quando Sebastião Hora notasse a ausência dele, iria acusar-me intimamente. Desci, fui sentar-me na cama. Num instante essa conjetura desagradável se mudou em certeza. Ia responsabilizar-me, imputar-me ação canalha, vingança mesquinha. Paciência. Antes isso que a dolorosa justificação, as palavras mastigadas, o esforço para varrer-lhe da alma tendências hostis. Não compreenderia a minha longa aflição. E de nenhum modo me aventuraria a mencioná-la. Estávamos separados. Os desejos de conciliação esfriavam.

Nesse mesmo dia Adolfo Barbosa veio dizer-me que existia uma vaga no cubículo 50, junto à prisão das mulheres. Convidou-me. Aceitei o convite, levei para a nova morada a cama, os percevejos e os trastes. Despedi-me de Sérgio. Mas não me foi possível despedir-me de Sebastião Hora.

capítulo 27

O CUBÍCULO 50 de algum modo se afastava da prisão. Como era o último do renque, não tínhamos ali o trânsito forçado na plataforma, conversas à porta, a invasão dos intrusos. Essas inconveniências repetidas ocasionavam desacordos e atritos; para evitá-las, Valério Konder amarrara um lençol nos ferros da grade e pendurara nela um cartaz expondo o seu direito mínimo: precisava dormir e exigia que não fossem acordá-lo. Agora me distanciava um pouco das familiaridades indiscretas: já não seria obrigado a conter a língua para não me perceberem nas palavras o avesso das intenções.

O barulho dos tamancos nos chegava surdo. Não era só a posição do quarto que originava relativo sossego. Também as ideias políticas de Adolfo Barbosa influíam nisso: discrepantes, punham de quarentena o moço pálido, feio e prognato; raro um sujeito vacinado, livre do contágio, se decidia a entrar naquela espécie de lazareto, na verdade próspero, cheio de superfluidades, até cadeiras e uma escandalosa mesinha redonda. Provavelmente esse luxo vinha de gorjetas liberalizadas para amortecer a vigilância. Os objetos miúdos e caros eram trazidos pelo avô de Adolfo, um velho senador pernambucano, respeitável em demasia. Na segregação e no conforto, o meu novo companheiro esfalfava-se em leituras, rabiscava notas; em seguida precisava discutir a matéria: desviava a cama e, protegido pelo guarda-vento, agachava--se nos travesseiros, alcançava o buraco da parede e caía num largo debate com Valentina. Achando obstáculos às suas ideias irritava-se – e surgia uma estranha desavença conjugal motivada pela economia política. No outro lado a mulher se afligia docemente, sem querer convencer-se, e as razões chocavam-se através do muro, prolongavam-se. Finda a controvérsia, o homem se desanuviava, ia aos poucos readquirindo a excessiva delicadeza fria, policiando os gestos, as palavras, os sorrisos. Inclinei-me a supor, baseado em rápida observação, que a vida comum não tinha para ele grande interesse; mergulhando nas teorias, nas hipóteses, aquecia-se, mostrava uma vivacidade curiosa em pessoa de aparência tão débil e enfermiça; a mais ligeira impugnação, nesse terreno, originava-lhe zanga de avarento espoliado. Estivemos juntos um mês, e só o vi expandir-se com Valentina, mergulhar nas profundezas onde se guardavam coisas de valor; para usar outra linguagem: apenas ela teve o direito de amolar-se. Dois bichos de pensamento não se deviam casar, refleti mais de uma vez notando pedaços da conversa longa.

O terceiro habitante da cela era Américo Dias Leite, primo de Valentina, um moço esgrouviado, gênio excelente, cuidadoso em arrumar ações, ideias e os numerosos trastes que se espalhavam pelos cantos.

– Precisamos ordem nessa tralha – dizia sempre.

Nas matanças de percevejos não descansava. A noite jogávamos poker, surdos à Voz da Liberdade. Agora os sambas, o Hino do Brasileiro Pobre, as notícias resumidas por Malta abafavam-se a distância; só havia clareza nas canções das vizinhas da sala 4. A linguagem gutural de Elisa Berger e Olga Prestes adoçava-se nas estrofes da Bandeira Vermelha. As cartas chiavam de leve na mesinha redonda, as fichas de papelão circulavam; quase sem palavras, o jogo prosseguia, lento e mecânico. Junto a dois homens aparentemente insensíveis ao prejuízo e ao ganho, esforçava-me por fazê-los julgar que isto não tinha para mim nenhuma importância, mas com certeza não cheguei a simular aquela sagaz indiferença.

Na verdade estava bastante apreensivo. Não era apenas o súbito valor adquirido pelos tentos miúdos; perseguia-me a lembrança dos estorvos ordinários a acumular-se, a estender-se, estragando-me a vida. Em certos momentos essas dificuldades me produziam verdadeira angústia. Anos atrás, numa cama de hospital, com a barriga aberta, achara-me próximo ao desespero, sem saber como pagar a operação e o tratamento longo; necessário endividar-me, e esta ideia fixa agravava as dores atrozes da ferida. Minúcias dessa época voltavam-me com insistência, talvez por me ver em dificuldade semelhante: desemprego, inércia obrigatória, longínquos deveres a perturbar-me o sono. As visitas do médico uniam-se a visões de pesadelos; gemidos e choros próximos avivavam-me a recordação de uma horrível figura sem olhos, coberta de esparadrapos, vista à porta da enfermaria dos indigentes; o tique-taque de um relógio crescia, abafando o rumor de ferros na autoclave. Se não fosse a preguiça, me resolveria a jogar no papel essa impertinência, livrar-me dela; mas havia a redação das notas guardadas na valise, perras e a desviar-me de outros assuntos. Desde a prisão que o hospital me apoquentava, mas só agora me vinha consciência disto. Naquele tempo duas obsessões persistiam no delírio teimoso: as pancadas do relógio tomavam forma, ganhavam nitidez e mudavam-se em bichos; supunha-me dois, um são e outro doente, e desejava que o cirurgião me dividisse, aproveitasse o lado esquerdo, bom, e enviasse o direito, corrompido, para o necrotério. Essa parte direita, infeccionada, era um hóspede sem-vergonha e chamava-se Paulo. Se Clemente Silveira quisesse, poderia facilmente operar-me de novo e desembaraçar-me do intruso. Bem. Se essa maluqueira insistisse em aperrear-me, me decidiria a narrá-la de qualquer jeito: daria dois contos – ruins com certeza –, como os deixados na gaveta e remetidos a Buenos Aires, sem correções.

O poker não me servia de refúgio: associavam-se nele os obstáculos presentes e os passados. As felicitações de Adolfo ao parceiro feliz, calorosos em excesso, animavam-lhe a face pálida, e quase me inclinei a supor que ele realmente se despojava com alegria. Esses requintes de educação aliavam-se rigorosos na fala, no gesto, forçando-me a rasurar os limites entre falsidades e sentimentos nobres. Enfim, nada me provava que o moço fosse hipócrita. A ligeira perda nenhuma significação tinha para ele.

A delicadeza obsequiosa e o desinteresse ostensivo do homem rico marcavam-me a inferioridade social. Sentia-me deslocado na sela estreita, os modos corteses feriam-me, atenciosas manifestações de condescendência. Aliás não me sentiria à vontade em nenhum lugar, foi o pensamento que me ocorreu naqueles dias. Usava roupa e linguagem de burguês, à primeira vista não nos distinguíamos; o mais simples exame, porém, revelaria entre nós diferença enorme. Também me distanciava dos operários; se tentasse negar isto, cairia na parlapatice demagógica. Achava-me fora das classes, num grupo vacilante e sem caráter, sempre a subir e a descer degraus, a topar obstáculos. Impossível fixar-me no declive longo da vida estreita. Repelido em cima e embaixo: aqui os modos afáveis e protetores de Adolfo; ali a brutalidade rija do estivador Desidério. Isso me excitava a desconfiança, levava-me a examinar as pessoas com frieza, e qualquer mostra de solidariedade me surpreendia. Causava-me espanto ver aquela gente despojar-se por gosto, guardar comida para os famintos em retorno da Colônia Correcional. Certamente, pensei, as numerosas dádivas eram consequência da organização do Coletivo; nenhuma simpatia as ocasionara; os conjuntos humanos continuavam fechados e impenetráveis.

Mais tarde, em condições diversas, notei o engano, e arrependi-me de haver julgado mal as criaturas. Descendo muito, fraco e inútil, recebi favores que não poderia retribuir. Necessitamos conhecer a miséria para descobrir ações desinteressadas. Provavelmente elas existem na vida comum. Falta-nos, porém, meio de percebê-las.

capítulo 28

POUCO a pouco a isolar-me no fim da plataforma, via de longe as constantes mudanças, figuras a surgir e a desaparecer, como se estivéssemos num hotel. Alguns hóspedes iam ficando: impossível sabermos porque Rodolfo Ghioldi, Sérgio, Adolfo, Benjamin Snaider, Valdemar Birinyi se estabilizavam naquela sociedade incongruente e movediça. O Pavilhão se enchia, desafogava-se, tornava a encher-se.

Ultimamente as celas regurgitavam. Demorando-me à porta do cubículo 35 para falar com Sérgio, percebi ao fundo três rapazes de cócoras junto a colchões estendidos no pavimento. Eram da marinha e dois vestiam farda. O terceiro, quase criança, tinha o busto nu, escoriado e contuso; manchas alargavam-se, lanhos cruzavam-se no peito, no dorso, nas costelas, sinais vermelhos, com certeza novos, outros violáceos, azuis, negros, a revelar que o garoto havia sido maltratado várias vezes. Discutiam em voz baixa, rabiscando a lápis anotações em pedaços de papel. Devia tratar-se de alguma questão obscura, mastigada, pois se manifestavam devagar, cuidadosos na escrita, embebidos no assunto, parecendo não enxergar as pessoas que transitavam no passadiço. Um grito lá embaixo nomeou alguém – e o moço das feridas estremeceu, muito pálido. Suspendeu-se o debate, houve um momento de ansiosa expectativa, e a voz do guarda se repetiu no andar inferior:

– Fulano de Tal. Polícia.

Entre o chamado e a última palavra uma pausa se alargara, talvez com o intuito perverso de dar ao infeliz uma esperança tênue. Pata macia de gato acariciando um rato. Em horas assim este se encolhe cheio de pavor, agarra-se a ilusões fugitivas, busca imaginar ocorrências vulgares: ida à secretaria, visita inesperada, uma carta improvável. Engana-se voluntariamente, esforça-se por afastar a lembrança das torturas, ali visíveis na pele, desalenta-se ouvindo as sílabas fatais, e a significação delas surge clara: perguntas invariáveis multiplicadas, a exigir denúncias, a teimosia silenciosa do paciente punida com sevícias: golpes de borracha, alicate nas unhas, o fogo do maçarico destruindo carnes. Quando a horrível ordem soou, o rapaz se ergueu, aflito, o rosto lívido crispado:

– Ah! Meu Deus! Não aguento mais. Vão matar-me.

A custo, auxiliado pelos outros, conseguiu ocultar as pisaduras sangrentas na camisa grosseira. Vestiu a blusa, despediu-se, agarrou a bagagem, saiu.

Entre os novatos do Pavilhão notei uns indivíduos robustos e corados, de fala curiosa, metidos em grandes capotes. Certamente vinham de clima frio. Diversos tinham nomes exóticos, e na verdade imaginei-os estrangeiros quando um deles, seu Eusébio, um velho astuto, murmurou lento e fanhoso.

– Nos disseram...

Supus ter ouvido mal, não chegava a capacitar-me a estranha combinação. Tornou a empregá-la, e convenci-me de que não me equivocava. "Nos fizeram". Que diabo pretendia ele com esse disparate? Vendo-o na companhia de latagões membrudos e louros, julguei-o europeu do norte, a enganchar-se no português. Eram brasileiros, do Paraná, umas duas dezenas. Explicava-se a singularidade pela articulação do pronome oblíquo, de vogal aberta, a confundir-se com sujeito. A prosódia justificava o esquisito discurso, mas sempre que me aparecia aquele verbo na terceira pessoa, vinha-me o desejo de corrigir a frase. A linguagem do nordeste habituara-me a essa sintaxe, usada apenas no singular, não prejudicando o sentido; no plural surgia-me pela primeira vez, e a confusão pronominal me abalava.

Os meus companheiros do Manaus, em geral miúdos e escuros, muito diferiam dessa gente de outra raça e de outra latitude; vários circulavam no Pavilhão, esquivos, silenciosos, a aparentar desconfiança, vendo provocadores em toda a parte. Fora as discrepâncias no físico, na expressão, nas maneiras, persistia nos dois grupos a utilização de objetos aparentemente desnecessários. Intrigavam-me os capotes, verdadeiros suadouros em dias quentes, as redes inúteis entre aquelas paredes lisas. Pouco depois chegou o inverno e esses trastes, na ausência de camas, estiraram-se no chão, serviram de cobertores.

Herculano se distinguia dos outros paranaenses, um estudante enfermiço, pequenino, amarelo como enxofre; provavelmente não tinha mescla de sangue polaco ou alemão. Essa criatura amável, tímida, cheia de sorrisos, veio instalar-se no cubículo 50, onde algum tempo escondeu notável disposição para as cantigas revolucionárias e grande falta de pecúnia. Logo entrou no poker, e esteve mais de uma semana a equilibrar-se, ganhando ou perdendo insignificâncias, exibindo sempre a mesma cédula de vinte mil-réis. Comprava as fichas e aventurava-se com prudência, que me parecia avareza. No fim do jogo, feitas as contas, recebia ou entregava alguns níqueis e pratas e guardava a cédula. Um dia o caiporismo chegou e venceu todas as cautelas: no frigir dos ovos o homenzinho recolheu duas ou três moedas e deixou a nota no cacifro. Daí em diante não tornou a arriscar-se. Olhava as cartas de longe e, enquanto ali vivemos, eximiu-se a qualquer despesa.

Embaixo, no último cubículo à esquerda, ao pé da grade, surgiu um tipo gordo, tranquilo, silencioso, de calça cáqui e suspensório. Ganhou a alcunha de Farroupilha, por ter sido preso no aniversário da revolução gaúcha de 1835. Dois ou três dias depois da sua chegada, boatos fervilharam, cresceram e se transformaram em verdades: Farroupilha era ladrão, pederasta e delator. Além de tudo, covarde. Citavam-se fatos horríveis, apareciam testemunhas – e ninguém tinha dúvida. Farroupilha era o maior patife do mundo. José Gay, ótimo rapaz, queria enforcá-lo na viga do passadiço – e quando expunha esta ideia horrível, os outros faziam enorme berreiro, exigindo a cabeça de Farroupilha. E o infeliz, em pé, junto à grade do cubículo, os braços cruzados, olhava as coisas e as pessoas, impudente e alheio, como se aquilo não fosse com ele. Não parecia covarde. Talvez tivesse defeitos medonhos, mas é certo que os aceitaram sem exame. Esforçava-me por vencer a credulidade infantil.

Tinham dali saído quatro levas de presos. Iam para a Colônia Correcional, sabíamos isto perfeitamente, mas quando uma lista surgia falávamos em liberdade. Buscávamos razões bem frágeis para justificar esperanças, caíamos num otimismo exagerado. A frente popular francesa, Largo Caballero e Assava foram o nosso grande recurso. E quando chegava o desânimo, procurávamos Rodolfo Ghioldi, que tinha obrigação de ser forte, não podia fraquejar nunca. Certas situações, invejáveis na aparência, são de fato coisas duras e pesadas. Meses antes, com saúde, risonho e de cuecas, aquele moço baixinho empoleirava-se num degrau da escada, o tronco nu, as canelas nuas, um lenço no cós da tanga que lhe cobria alguns centímetros da barriga. Um discurso em tais condições facilmente se podia tornar ridículo. Quarenta pessoas em redor sobressaltavam-se, um olho no orador, outro na porta, e quando a grade larga se abria, esperavam novidades funestas. Com certeza Rodolfo se inquietava também, mas não queria deter-se, continuava a falar seguro e frio. A frieza e a segurança davam-lhe enorme prestígio. Nas conversas embrulhava uma algaravia meio espanhola, meio portuguesa, ia usando pouco a pouco o nosso vocabulário. Ultimamente andava mal, silencioso, magro, sem apetite. Caíam-lhe os dentes. Era Rodolfo que nos amparava no desânimo. Os telegramas dos jornais transformavam-se, lidos por ele. Traduzia as notícias, ligava-se a casos anteriores, num instante fazia uma síntese – e era como se na barra escura da parede surgisse de repente um mapa. Enquanto ele discorria, eu lhe examinava as gengivas pálidas, banguelas, os dentes escassos. E zangava-me. Estupidez invalidar uma criatura assim, matar uma inteligência. Fraco e doente, Rodolfo nos animava. O abafamento decrescia, chegava o otimismo. Tudo lá fora estava bem. E relacionávamos com essas coisas, que estavam bem lá fora, as nossas pessoas insignificantes.

capítulo 29

DEPOIS do café, entretinha-me a ler uma brochura, desatento, ouvindo o burburinho distante de conversas na Praça Vermelha, vozes mais próximas, som de tamancos no passadiço. Gente a entrar no banheiro, a sair, ruído seco de grade a chocar nos batentes, a doida exigência do capitão Dinarte:

– Queremos ir para a Colônia. Queremos ir para a Colônia de Dois Rios. Queremos.

Evidentemente ele zombava dos operários e dos outros que nos tinham deixado, zombava do português, incluído numa das levas. Emudecera o desagradável canto de galo, e às vezes me vinha o desejo de que a estridência viesse irritar-nos de novo, abafar o desafio insensato do oficial. Quinze minutos naquela horrível brincadeira. Se ao menos Dinarte variasse um pouco, usasse palavras diferentes, não me abalaria tanto. O modo como ele gritava "queremos" pela terceira vez era desacato e ordem. Eu tapava os ouvidos, a provocação chegava-me abafada; a cadência arrasava-me os nervos.

Vinha o silêncio, e não nos tranquilizávamos, à espera do brado agoureiro. Preferível o canto de galo. Pobre do português, enviado para a Colônia, sem amigos, aborrecido por toda a gente. Surpreendia-me a lamentar a ausência daquela estupidez enorme. "Por causa de uma aventura garantida." Não se cansava de repetir isso. Tentara aprender francês com Tavares Bastos, mas enganchara-se nas regras, não houvera meio de entrar na conjugação. E desabafara comigo: "*Non. Gramática non. Ne pas. Je deseje faler. Faler français.* Não é assim que se diz?" Pouco antes de o transferirem, vivera algum tempo em companhia de um espanhol careca, de olho vivo, uma daquelas aves de arribação que nos apareciam e desapareciam constantemente. Por assemelhar-se ao último rei de Espanha, demos a esse tipo o nome de Afonso XIII. E o apelido pegou. A noite, na Voz da Liberdade, o locutor enxertava pilhérias no programa, achava que os dois vizinhos peninsulares ficavam bem no mesmo cubículo. E Afonso XIII indignava-se, aos berros, por o haverem posto junto àquele animal.

Dessas figuras sumidas restavam lembranças vagas, gestos, frases, a esmorecer, a confundir-se com gestos e frases de outras pessoas. Os caracteres diluíam-se. Naquela manhã, depois do café, sentado na cama, um volume entre os dedos buscava distrair-me – e espalhava a atenção por várias coisas: a prosa lida, os rumores externos, recordações instáveis. Próximo, além do guarda-vento, agachado nos travesseiros, Adolfo segredava com Valentina pelo buraco aberto na parede. Lá embaixo a porta do banheiro se fechou. Em seguida houve um tropel surdo, choque de madeira nos degraus de ferro: a gente válida ia fazer exercício no terraço. Nas celas ficavam apenas homens enfermiços, caídos em ócio obrigatório, e alguns que se isolavam, prudentes, envolvendo-se no silêncio como numa carapaça. As divergências políticas iam-

-se acirrando, ódios cresciam, estalavam. Com certeza Rodolfo estava dispondo, meticuloso, o esboço de uma conferência; Sérgio lançava no caderno um estudo que, principiando em alemão, se alargava num português bastante razoável; Apporelly, hemiplégico, arrastava na sombra a perna trôpega. Doía-me o pé da barriga, a dormência na coxa direita anulava o desejo de mexer-me, aguentar-me ao sólida ver lá de cima o formigar dos veículos, árvores e prédios, a massa rija da Favela, o gasômetro enorme. Tilintar de chave na sala 4. O sussurro das mulheres passou a pequena distância, elevou-se no patamar, desceu a escada e sumiu-se.

O cochicho de Adolfo e Valentina prosseguia. Não era discussão. Em geral os dois se embrenhavam na política, divergiam, falavam alto, e as discrepâncias perdiam-se no barulho do Pavilhão. Alarmava-me a esquisitice do rapaz. Como diabo se desperdiçavam momentos preciosos debatendo a questão social com uma pessoa tão bonita? Se ele tivesse bom senso, se limitaria a admirar pedaços da moça: um olho brilhante, uma nesga de bochecha corada, os beiços muito vermelhos. Agora a conversa tornava-se indistinta, era um murmúrio.

Levantei-me para não ser indiscreto, saí, encostei-me à barra do passadiço, vi no rés-do-chão, junto à grade aberta, o chefe dos guardas, um faxina a varrer o cimento. Na aparência os quartos se haviam despovoado. Criaturas doentes invisíveis. Valdemar Birinyi cada vez mais se isolava; punham-no de parte, não esqueciam a sinceridade infeliz que manifestara ao chegar ali: "Querem fazer revolução com essas bestas?" Aquela hora o antigo oficial de Bela Kun, alheio à versão, folheava o seu tesouro, os grossos volumes da coleção de selos. Faltavam diversos espécimes abafados na polícia, mas isto não tinha importância: "Ainda é a terceira coleção do mundo." A terceira, pois não, elogiada pelo rei da Inglaterra. E Valdemar

Birinyi devia sentir-se feliz. Já não havia motivo para tentar suicidar-se. Os cortes dos pulsos, na tentativa falha de abrir as artérias, quase se apagavam, e provavelmente não tinham deixado cicatrizes no interior.

Fiquei debruçado na viga da plataforma, pensando em coisas assim, vendo o guarda fiscalizar o serviço do faxina, ouvindo o chiar da vassoura no cimento. Afinal o homem zebrado terminou as varredelas e sumiu-se. Agora só se percebia um zumbido, qualquer ajuste do casal. Procurei fixar a atenção noutro rumor. Nenhum me veio distrair, no Pavilhão deserto aquele avultava em demasia. Súbito Adolfo calou-se, abandonou o refúgio, saiu, ficou um instante perto de mim, observando o pavimento inferior. Em grande alvoroço, estranhava sem dúvida que as circunstâncias lhe favorecessem a realização de um projeto absurdo. E agarrando a ocasião, provavelmente sem refletir, pediu-me auxílio, o olho brilhante, a voz trêmula. Queria que eu lhe facilitasse meio de sair dali, visitar a mulher. Necessário ir falar ao carcereiro lá embaixo, entretê-lo, impedir-lhe o exame das coisas em redor.

– Você está maluco. Eu sou lá capaz disso?

A gaiola vizinha estava aberta, e as companheiras de Valentina esvoaçavam todas no pátio, desenferrujando os músculos no jogo da bola. A combinação feliz de acasos induzia o moço a executar o plano temerário. Indispensável e urgente a minha interferência. Recusei-me, tonto, receando que um som de lingueta viesse frustrar a comunicação. Na verdade lamentava não me ocorrer um expediente, ver aquele enorme desejo baldar-se.

– É uma loucura.

E resistia, fazendo tenção de recolher-me, pegar o livro abandonado. Mas, em vez de proceder assim, afastava-me da cela, pouco a pouco me acercava da escada. Nenhum desígnio; evidentemente não me abalançaria a colaborar na aventura doida. Contudo os movimentos se opunham à decisão e às palavras. Alguma ideia imprecisa devia andar-me no interior; mexia-me talvez guiado por ela.

Nesse automatismo desci os degraus, alcancei a Praça Vermelha. Aí me veio a certeza de que ia tratar com o sujeito de farda, armar uma conversa longa, embora não houvesse nenhum assunto para ela. Não me espantava desse comportamento, julgava-o razoável, apesar de tudo; na hora precisa um diálogo se arrumaria, natural, réplicas e tréplicas a alargar-se com muitos circunlóquios, enchendo tempo, acirrando o homem, impedindo-lhe observar os arredores. Em condições normais balanceamos as nossas possibilidades, e não vemos além delas; a sociedade nos determina com rigor os atos possíveis, e às vezes, para nos movermos, necessitamos um papel selado, assinado, carimbado; sem isso, encrencamos, certamente. Ali dentro essas limitações desaparecem, anulam-se as fronteiras, vemos que nos podemos mover para um lado e para outro, indiferentes às restrições, alheios às conveniências. Movemo-nos até bater com o nariz numa porta de ferro. Mas esse obstáculo é transitório. Descerra-se a porta, queremos transpô-la, sem perguntar se havia para isso uma proibição. Os deveres incutidos lá fora não existem: vamos até onde podemos ir. Há uma porta aberta – e Adolfo precisa atravessá-la, passar o vestíbulo, trepar alguns degraus, meter-se na sala 4 e abraçar Valentina, roxa. Os lábios rubros, as maçãs do rosto, cor-de-rosa, mãos, braços, pernas, estariam roxos. Moésia Rolim, alto e rouco, afirmava que ali tínhamos liberdade; era o único lugar no Brasil onde havia liberdade.

Perfeitamente. Agarrava-me a esse paradoxo. Gritávamos, cobríamos de baldões a polícia assassina de Filinto Müller. Tínhamos essa liberdade. E havia outra. Andar nus, não escovar os dentes, falar à toa, admitindo ou recusando farrapos de noções obrigatórias noutra parte. Íamos e vínhamos, perfeitos animais. "Abaixo a polícia assassina." Esquisito não nos havermos apavorado, não estarmos ali como bichos passivos e medrosos.

Cheguei-me ao guarda como se tivesse uma reclamação na ponta da língua. Ainda não tinha, mas isto de nenhum modo me embaraçava: com certeza ia surgir e desenrolar-se no momento oportuno. Foi o que sucedeu. Essa confiança no imprevisto é talvez a base dos pequenos talentos ali desenvolvidos. Quando entrei a falar, notei que nos faltavam diversas coisas. Peguei-me a uma, exagerando a importância dela, os olhos na cara do tipo, com gestos e loquacidade contrários ao meu temperamento. Enquanto me expandia, Adolfo saltou os degraus com passos de gato, colou-se à parede, escorregou até a grade, meteu-se no vestíbulo, subiu a escada. No decurso dessa manobra, executada num momento, ia-me virando, forçando meu interlocutor a dar as costas ao fugitivo. Bem. O meu companheiro tinha realizado uma façanha. Estava na sala 4, beijando Valentina, e provavelmente ia demorar pouco. Sem dúvida. Um rápido encontro de galo. Isso mesmo. Reclusão demorada, sonhos, necessidades permanentes, a imaginação criando cenas vivas. Regressaria logo, certamente. O pior é que o diabo do guarda me atendera sem discutir: achara justo o pedido, e isto me desconcertava. Sumia-se o pretexto, e um instante fiquei a vasculhar o íntimo, repisando a solicitação, pouco a pouco transformada em exigência, com pormenores redundantes, avanços e recuos, forcejando por torná-la inaceitável. O funcionário não me havia compreendido bem, mortificava-me para explicar isto, e, durante a lengalenga, estirava os olhos por cima de um ombro dele, via um lanço da escada. Afligia-me a ausência longa de Adolfo. Porque se demorava tanto? Na verdade não se demorava. Dois minutos ou três. Na minha horrível situação, porém, isso parecia tempo excessivo. Certamente a empresa ia falhar. Estupidez meter-me nela. Tudo se descobriria de repente e haveria um escândalo medonho. Perguntei a mim mesmo se o guarda já não tinha percebido a maranha, não estava ali a enganar-me, pronto a divulgar a falta na hora conveniente. Fez um gesto, e alarmei-me, supondo que ia trancar a porta, deixar lá fora o rapaz em situação injustificável. Precipitei a parolagem, lançando-me a novas instâncias, em desordem, perfeitamente embrulhado. Representava muito mal o papel difícil. Uma criança me enxergaria o transtorno, a desesperada busca de motivos. Pensando assim, admirava-me de não distinguir no indivíduo qualquer indício de suspeita. Bem. Possivelmente meu desempenho não era tão mau como eu julgava; a conversa mastigada, os rodeios fatigantes, não revelavam desarranjo; achava-me ali a reclamar sem astúcia creolina e sabão para liquidar os percevejos. Ou então o homem se fingia cego, pactuava conosco: farejara uma necessidade urgente e levaria a condescendência até o fim. E se uma das mulheres regressasse do pátio, fosse testemunhar o caso estranho? Aborrecia-me conjeturar isso. Por que me entretinha a imaginar dificuldades, interessar-me em negócios alheios?

Afinal o desertor ressurgiu, desviando-se do corrimão, agachando-se, colando-se ao muro. Desceu, executou uma curva larga, alcançou a grade, insinuou-se como um rato na Praça Vermelha. Findei a exposição capenga, lancei um agradecimento chocho e recolhi-me, surpreso do êxito. Nunca me supusera tão hábil. No cubículo achei Adolfo a restabelecer-se, pálido em excesso, grandes manchas de suor no pijama. Felicitei-o:

– Muito bem.

Resvalou na confidência:

– Foi um sacrifício para ela, coitada. Assim de chofre! Estava fria como uma defunta.

Veio-me o capricho malicioso de chamar Valentina. Pus-me a conversar com ela, observando, através da parede, migalhas de beleza: dentes magníficos, um olho vivo, alguns centímetros de bochecha, os lábios sangrentos, uma sobrancelha. Admirava-lhe a vivacidade. Nenhum vestígio do susto horrível que tivera pouco antes. O marido, perto, mordia as cobertas, numa crise de riso.

capítulo 30

DE VOLTA do banho, fui à barbearia, confiar-me à perícia do homem de zebra que nos cortava os cabelos e pelava o rosto com tesouras e navalhas bastante cegas. Melhorado o frontispício, recolhi-me, despendurei do guarda-vento a roupa envolta em jornais, por causa da poeira, abri a valise, entrei a arrumar-me devagar.

Faltavam ainda algumas horas para a visita. Findos os arranjos, desci. Os pés haviam crescido e os sapatos magoavam-me os dedos.

No pavimento de baixo, Valério Konder, sério, pilheriou comigo, deu-me um título cerimonioso, referiu-se aos trabalhos na repartição. Livres dos tamancos e dos pijamas, apertados em colarinhos e gravatas, éramos pouco mais ou menos irreconhecíveis.

Achei aberta a grade, passei ao vestíbulo, entrei na enfermaria, à esquerda. A mesa de Sisson, ostentando enorme tabuleiro de casas vermelhas e negras, convidou-me. Para encher tempo, sentei-me a ela, dispus as peças, busquei parceiro, embrenhei-me numa partida, insensível aos xeques, esperando que me viessem chamar à secretaria.

Demorei-me longamente, as ideias a afastar-se dali, em busca de possíveis casos de interesses ocorridos na semana. Como andariam lá fora os meus negócios? A imaginação capengava, tentando vencer obstáculos. Em redor, sentados nas camas, outros indivíduos se entretinham a jogar, e os comentários dos lances chegavam-me remotos e confusos. Os vestuários civilizados, a discrepar do ambiente, com certeza me desviavam para o exterior, levavam-me a forjar notícias prováveis. Agildo Barata avizinhou-se, entregou-me um envelope, recomendando-me que o fizesse chegar ao destino. Li o endereço de um político e meti o papel no bolso, regressei aos cavalos e aos peões.

A voz de um guarda, abandonei as combinações desatentas, ergui-me, passei ao vestíbulo, fui agregar-me no pátio a uma dúzia de companheiros bem vestidos. Pusemo-nos em marcha. Em vez de nos dirigirem à secretaria, encaminharam-nos ao pavilhão fronteiro a ela. Aí surgiram fardas e alguém anunciou:

– Revista.

Achava-me à frente do bando. Com todos os diabos. Iam examinar-me em primeiro lugar, descobrir a infeliz correspondência, prejudicar Agildo, talvez embrulhar o destinatário. Nenhum meio consciente de fugir ao embaraço. Estava fora dos meus recursos conceber uma defesa, tentar embair a polícia, que, a dois passos, ali na calçada, pretendia vasculhar-nos as algibeiras. A minha reação foi maquinal. Desviei-me, recuei, distingui Euclides de Oliveira e empurrei-o, escondi-me por detrás dele. Retirei o contrabando e mergulhei-o debaixo da camisa. Seria descoberto, sem dúvida: escorregou-me na pele, fez um chumaço volumoso na barriga, preso no cinto.

Azaranzado, abotoando-me, vi Euclides próximo, submetido à busca; notei-lhe as rugas da testa quando ligeiramente o despojaram de uma fraude como aquela. Afastou-se indignado, chegou a minha vez. Não me ocorria a suposição de que o miserável trambolho ficasse em meu poder. Eximiram-me de cautelas; ingenuidade querer burlar os sentidos espertos da fiscalização. Avancei. Num minuto iam desmascarar-me, devolver-me ao grupo, as orelhas em brasa. Mas não me indignaria como Euclides, não teria no rosto as pregas duras, coléricas. Tudo previsto. Subi um degrau, afastei as abas do paletó. Dedos ágeis correram no pano, investigaram esconderijos e dobras, fizeram-me cócegas, deram-me a impressão de que pernas de baratas me andavam sobre o peito, num fervilhar muito desagradável. Estancaram, recolheram-se.

Desorientado, imobilizei-me: com certeza os gadanhos hábeis iam de novo esquadrinhar-me os sovacos, arrepiar-me, tateando culpas. Lentamente percebi que a operação estava finda, o assombro me tolheu a fala e o gesto; recompus-me e desci, grato ao acaso e desdenhando um pouco os farejadores ineptos. Malucos. Essa opinião fortalecia-se enquanto me desanuviava, procurando orientar-me. Enxerguei à direita a sala aberta e dirigi-me para lá. Esboçaram-se as fisionomias de pessoas vagamente conhecidas, distingui o rumor das conversas e o rápido exame dos pacotes familiares nas sextas-feiras. Num banco, junto à porta, minha mulher sorria, segredou quando me sentei:

– Que é da carta?

Em silêncio mudo, interroguei-a com os olhos; referiu-se ao objeto pouco antes escondido, no momento de aperto. Com os diabos! E modifiquei o juízo desfavorável aos pesquisadores. Certamente não eram cegos nem idiotas. Simplicidade julgar-me capaz de enganá-los, visto de perto, se à distância de dez metros alguém me observara os movimentos e tirara a conclusão razoável. Possível não haverem tencionado ir além de certos atos formais, necessários à rotina. Cumpridas as exigências mínimas, à pressa, como se executassem um ritual enfadonho, evitavam complicações estranhas ao serviço. Ausência de curiosidade, nenhum propósito de exceder os limites de uma função maquinal e burocrática. Devia ser isso. E voltou-me a suposição de que o guarda, a escutar com pachorra a minha conversa fatidiosa, percebera a fuga de Adolfo e aguardara, paciente e humano, o regresso dele. Essas dúvidas nos suavizam a prisão, levam-nos à certeza de não haver no aparelho policial o rigor suposto lá fora. Notamos quebra de uniformidade, e isto nos satisfaz. Em qualquer parte achamos indivíduos propensos a simular inadvertência, cochilar no momento preciso, se tais escorregos não lesam o texto do regulamento. A princípio nos admiramos da nossa perícia. Hesitamos depois em admiti-la, mas fingimo-nos sagazes para não causar prejuízo à vigilância que relaxou, desviar a suspeita de conivência. Bem. Examinei os arredores. Só divisei casais mergulhados em seus negócios particulares. Sem respeito aos circunstantes, mal-educado, entrei a coçar-me. Abri a camisa, estive a mexer lá por dentro; afinal consegui introduzir o envelope na manga.

— Deixa cair o lenço.

Novo reparo na vizinhança — e o pedaço do pano chegou-me aos pés. Baixei-me, fiquei um instante procurando levantá-lo. Na verdade sou um infeliz prestidigitador. Operação difícil retirar os papéis da manga, escondê-los no lenço, metê-los na bolsa da visitante. Mas ninguém testemunhou essa burla, e aproveitamos a meia hora disponível.

Recebi as últimas notícias, enxerguei a liberdade muito longe, cada vez mais a distanciar-se de mim. Conservar-íam-me fora do mundo, sem processo; não me vexariam com interrogatórios nem ouviriam testemunhas. Segregação isenta de formalidades. Tínhamos chegado a isso, eliminavam-se as praxes, o simulacro de justiça, como se fôssemos selvagens. Facilmente me ajustariam, considerando indícios e razões, em artigos e parágrafos. Se quisessem, legalizariam a situação; não tentavam esconder violências e arbítrio – e algumas pessoas inquietas por minha causa batiam em portas fechadas. Como de outras vezes, devo ter pedido a minha mulher que não importunasse esses homens de bons propósitos. Afinal o meu caso era semelhante a dezenas de outros; parecia-me estulto desviar para ele a atenção de viventes ocupados nos seus negócios. Capitão Mata e Manuel Leal tinham-me aborrecido em demasia a alegar inocência, a falar em perseguições, iniquidades. Essas lamúrias egoístas enraiveciam-me.

Agarrava-me impaciente a assuntos vários, temia perder os últimos vestígios de solidariedade àquelas vítimas indiscretas. Esquivara-me sempre a mencionar particularidades: não desejavam conhecê-las, iriam bocejar ouvindo-me. Agora José Lins procurava militares e políticos, mandava cartas a figurões, empenhava-se em favorecer-me com simpatias várias, indeterminadas. Essa interferência podia causar desgosto, originar suspeitas e afligia-me a ideia de prejudicar alguém. Bom que os amigos inesperados se aquietassem: era-me suficiente saber os intuitos deles. José Olímpio mandara o romance para a composição. Temeridade igual à de José Lins. Afinal o editor nunca me vira, nada o aconselhava a expor um livro de autor excomungado pelas normas vigentes. Perigo, impossível adivinhar as consequências. Iam talvez chamá-lo à delegacia para esclarecimentos, depois enviá-lo à Casa de Detenção. Em segredo, com certeza: os jornais guardariam silêncio. Os originais estavam salvos, na oficina. Difícil escaparem os volumes: seriam apreendidos, julgados nocivos, queimados. Perdiam-se os gastos de impressão, o negociante de escritos metia o rabo na ratoeira. Asilava-me uma esperança débil: a narrativa era medíocre, tão vagabunda que passaria facilmente despercebida. Os sujeitos da ordem não esbanjariam tempo com ela. Desgraçado alívio. E apoquentava-me outra vez não poder corrigir a história, suprimir as repetições e os desconchavos. Alguns pedaços não eram ruins de todo. Se me deixassem trabalhar uns meses, me livraria dos receios, das tremuras que a publicação me dava.

capítulo 31

NAQUELA noite, depois de fecharem os cubículos, Nise bateu na parede e ofereceu-nos, através do buraco, uma notícia: iam ser postas em liberdade cerca de vinte pessoas.

Isso não me interessou: havia-me habituado às listas, e a ideia da Colônia deixara de apavorar-me. Mas quando o guarda surgiu à porta e gritou o meu nome, estremeci, quis ver o papel datilografado que ele trazia na mão. Satisfeita a exigência, vesti-me à pressa, atarantado, arrumei os troços da bagagem leve.

Os preparativos consumiram tempo enorme porque os objetos desapareciam, a cada instante era preciso abrir e fechar a maleta. Impossível achar a escova de dentes, já guardada, entre cuecas e lenços. Herculano preparava-se também para sair. Américo e Adolfo auxiliavam-me na arrumação. Eu perguntava a mim mesmo: "Estarei muito confuso? Terei as mãos frias e úmidas?" Pouco tempo antes Adolfo tinha sido mandado a um hospital, ficara lá vários dias. Ao receber o chamado, ignorava para onde iam levá-lo. Aparentava grande calma e ria cochichando com Valentina, que falava tremendo, numa agonia, além da parede. O sossego dele espantava-me. Ao despedir-se, tinha as mãos úmidas e frias. Com certeza as minhas deviam estar assim agora.

Nise chamou-me da sala 4. Encostei o ouvido ao buraco, percebi um recado para alguém lá de fora, impacientei-me: não se tratava de liberdade; mas Nise insistiu, disse coisas ininteligíveis, deu-me um endereço. Confessei não entender nada e busquei um lápis para escrever o que ela dizia. Difícil encontrar o lápis. Aborrecia-me o trabalho inútil. O homem da lista já me chamara duas vezes. Receei que ele viesse de novo apressar-me, visse a cama afastada, o guarda-vento fora do lugar, e me surpreendesse a conversar com uma vizinha, infringindo o regulamento. Encontrei o lápis, mas a linguagem de Nise era confusa e extensa: impossível agarrar o sentido, resumir aquilo em duas ou três linhas. Depois de numerosas repetições, garatujei zonzo letras e algarismos na carteira de cigarros, pois o bloco de papel se ausentara. Esforço enorme escrever; irritava-me, na desgraçada situação, o desperdício de energias necessárias na viagem à Colônia. Nise estava sendo ingênua: habituada por ofício aos desarranjos mentais, ignorava-me o alheamento, a fuga das ideias: com certeza não me diferençava muito dos clientes dela, imbecis ou idiotas. Seria tão difícil verificar isto? A insistência da moça fez-me supor que não me descomedia, não revelava nenhum distúrbio. Se ela continuava a falar sem dar mostra de conhecer a minha estupidez excessiva, os outros se enganariam também, evidentemente. Enfadava-me o longo zumbido misterioso, procurei interrompê-lo: mudança de prisão, somente. Nise não se convencia: ouvira referência a liberdade e acreditava nisto, apesar de terem as liberdades anteriores acabado na ilha Grande.

Américo e Adolfo estendiam-me esperanças débeis – cordas ao náufrago. Fingiam-se crédulos, julguei, e irritava-me a piedosa hipocrisia. Notavam-me no rosto e nas maneiras atrapalhação e medo, sem dúvida. Estaria realmente com medo? Transtorno, perplexidade, lentos arrepios, e os beiços a contrair-se num riso convulso. Na verdade aquilo tinha graça. Ir para a Colônia! Absurdo mandarem-me para semelhante lugar. Vinham-me à cabeça o relatório de Chermont e pedaços da minha vida anterior. Mas porque diabo me mandavam para aquele inferno? Pergunta néscia. Dispensavam-se razões: ia, como numerosas insignificâncias da minha laia, fátuas e vazias, tinham ido. Assim pensava, e tinha vergonha de falar, desejava que me enganassem, mentissem. Uma pequena adulação me agradaria. Burrice misturar com vagabundos e malandros um sujeito razoável, mais ou menos digno, absolutamente alheio a essas criaturas. Tencionariam corrigir-me na Colônia? Havia lá uma escola. Iriam meter-me nessa escola, coagir-me a frequentar as aulas dos vagabundos e malandros? O pensamento burlesco afastou-me para longe: imaginei-me vestido em zebra, folheando um caderno sujo, decorando a lição, cantando rezas e negócios patrióticos. As minhas mãos deviam estar frias como as de Adolfo naquela noite, ao despedir-se de mim. Não estavam, prendia-me com desespero à negação. Tinha escrito seguro o recado de Nise. As letras com efeito eram rabiscos ilegíveis, a ponta do lápis rasgara o cartão fino. Mas tinha escrito. Não me lembrava do que tinha escrito. Desejava ser animado e queria livrar-me das esperanças ridículas. Era alguma criança?

Afastara-me da parede e estava em pé no meio do cubículo, a valise fechada, pronto, ouvindo frases amáveis. Herculano, junto a mim, sobraçava a bagagem; o corpo mirrado engrossara um pouco, envolto no largo sobretudo espesso. Para onde nos iam levar? Em voz alta referia-me à Colônia, mas interiormente esforçava-me por desviá-la – e a interrogação me atenazava. Se nos deixassem quietos, percevejos a sugar-nos, camas de ferro a escoriar-nos, tudo ficaria bem. Mas sempre nos removem, sem explicações, mostrando que não temos direito ao sossego e tanto podemos ir para a Sala da Capela, reclusão de burgueses e professores da universidade, como para a Colônia Correcional, onde guardam a canalha, o enxurro, vidas sórdidas.

O molho de chaves tilintou, o guarda apareceu pela terceira vez, a porta se abriu. Ainda me retardei um instante, examinando os objetos em redor. Teria guardado na maleta a escova de dentes, os lenços todos? Abracei os companheiros e saí. Atravessei o passadiço, demorando-me em frente aos cubículos, apertando mãos que se estendiam; fui em seguida fazer novas estações apressadas na ala fronteira. Os mesmos gestos e as mesmas frases mecanizaram-me no pavimento inferior. A entrada, cerca de vinte pessoas em fila carregavam-se de malas e embrulhos. Na friagem da noite, longos capotes indicaram-me a gente do Paraná. E redes a tiracolo, dobradas em rolos, como enormes serpentes grávidas, chamaram-me a atenção para algumas figuras do Rio Grande do Norte. Enfileirando-me à pressa, distingui Macedo, João Rocha, Van der Linden, José Gomes, o pequeno dentista Guerra.

Pusemo-nos em marcha, alcançamos o vestíbulo. Deixei a fila, dei um rápido adeus ao pessoal da enfermaria. Depois virei à direita, galguei a escada, achei uma exposição de mulheres a enfeitar a grade da sala 4, umas embaixo, outras empoleiradas nas travessas. Com os pés metidos em tamancos, podiam equilibrar-se nas barras estreitas, seguras aos varões, as saias entaladas entre as coxas. Um minuto papaguearam. Naquela arrumação de corpos, notei apenas os beiços vermelhos de Valentina, a brancura de Olga Prestes, os olhos arregalados de Nise. Voltei.

Deixamos o Pavilhão, dirigimo-nos à rouparia, onde recebi o meu chapéu. Tornei a ver a horrível tatuagem no antebraço do rapaz que lá trabalhava: um esqueleto sem pernas.

– O senhor aqui? – murmurou descobrindo-me. – Ainda não saiu?

O espanto dele certamente não foi igual ao meu. Estranha memória. Achara-me ali uma noite. E no dia seguinte pela manhã tínhamos conversado meia hora. Decorridos quatro meses, de novo nos encontrávamos, e súbito o moço me identificava num grupo numeroso. Essa possibilidade esquisita de gravar fisionomias talvez houvesse influído na escolha do perigoso ofício que o levara à cadeia. Era simpático: a vergonhosa profissão de nenhum modo nos afastava dele. Avivaram-se lembranças daquele domingo já velho. Tinham-me chamado, retirara-me da galeria sem saber o destino, sentara-me num banco, à espera dos acontecimentos. O rapaz se chegara, amável, e fizera uma observação risonha:

– Ontem o senhor estava inquieto.

Aludira à minha calma aparente e aos cuidados excessivos com a valise: mexera nela mais de vinte vezes, não achava lugar para colocá-la. Surpreendera-me ver alguém reparar em tais minúcias e tirar consequências justas. A tatuagem meio desfeita era medonha. Esforçara-me em vão por desviar dela a vista, o homem delicado aventurara uma confidência assombrosa: acabava de cumprir sentença e temia ser solto. Para onde havia de ir? Acostumara-se ao serviço leve na rouparia. Dentro de dois anos o mandariam embora. E perguntava aflito:

– Para onde?

Essas palavras tinham-me impressionado e não me cansava de repeti-las. Ao deixar a sala, fazia a mim mesmo a pergunta do rapaz do esqueleto:

– Para onde?

Para onde me enviavam com aquela gente desconhecida? Pensei no gracejo de Walter Pompeu: "Liberdade? Nunca mais. Quando houver uma greve de barbeiros, agarram você." A Colônia Correcional, uma desgraça. Mas se por acaso me lançassem na rua, seria desgraça também. Em que me iria ocupar? Sentia-me incapaz de trabalho, a vida se estragara. Camaradas antigos voltariam a cara, dobrariam esquinas ao ver-me, receosos de comprometer-se. Havia em mim pedaços mortos, ia-me, aos poucos, habituando à sepultura; difícil ressurgir, vagar na multidão, à toa, como alma penada.

Algum tempo ziguezagueando entre as árvores, viramos becos, subimos e descemos calçadas, mas não transpusemos os muros da prisão. Diante de um cárcere fumarento e sujo retardei o passo, vi mulheres de cócoras. Uma preta velha encarou-me, fingiu desapontar-se, exclamou com simpatia burlesca:

– Meu filho, que foi que você fez?

O bom humor da negra, caricatura de afeição, desviou tristezas, sacudiu-me numa ruidosa gargalhada. Pouco adiante estacamos, abriu-se uma porta. Dormiríamos ali, disse um guarda, sairíamos no dia seguinte.

– Para onde?

Respondeu que não sabia.

GLOSSÁRIO

Alcaguete – delator; dedo-duro.
Altercar – discutir, contender, debater.
Anspeçada – nas forças armadas, é um posto militar na classe dos praças.
Atenazado – torturado.
Barrela – solução alcalina que serve para branquear a roupa; limpeza.
Bazófia – excesso de vaidade; presunção; fanfarrice.
Blenorragia – gonorreia (IST).
Blandícia – gesto ou palavra de carinho, ternura;
Bukharin – referência ao revolucionário russo Nikolai Bukharin (1888-1938).
Canados – países governados por cãs (ou *khans*), título de nobreza dado ao soberano de tribos nômades em certas regiões da Eurásia.
Cavaqueira – conversa.
Charivari – barulho ensurdecedor; algazarra; gritaria; alvoroço.
Chusma – grande quantidade de pessoas; populacho.
Claudicava – mancava, coxeava.
Debalde – inutilmente.
Dispneia – sensação de falta de ar, oriunda de situações de estresse ou ansiedade, por exemplo.
Doesto – injúria.
Dornas – recipientes de madeira utilizados para armazenamento.
Eito – trabalho realizado sem descanso até sua finalização; limpeza ou roçado de uma plantação.
Emil Ludwig – (1881-1948) escritor e jornalista alemão de ascendência judaica, reconhecido por publicar biografias populares, como a de Jesus, a de Bismarck e a de Goethe.
Encoivarar – juntar o que sobrou.
Esbulho – usurpação.

Escarmento – castigo, punição.
Esgrouviado – alto e magro; de aparência cadavérica.
Fato – roupa; vestimenta formal completa, como calça, colete e terno, geralmente do mesmo tecido.
Galarim – topo; ostentação.
Gazua – qualquer ferramenta utilizada para abrir fechaduras; chave-mestra.
Hebdomadário – semanal.
Hemoptise – tosse com sangue.
Infenso – inimigo, adversário.
Introito – início.
Magote – grande quantidade.
Mazorca – tumulto, perturbação da ordem.
Menoscabar – deixar incompleto.
Mossa – marca; vestígio.
Labéu – mancha na reputação de alguém; desonra.
Lazareto – lugar de quarentena.
Lorpa – pessoa pouco inteligente, desprovido de vivacidade, de vigor; imbecil, idiota, palerma.
Opróbrio – grande desonra pública.
Parlapatice – fanfarronice.
Palrador – falador, tagarela.
Panglossiano – diz-se da pessoa otimista ao extremo; refere-se também ao personagem 'doutor Pangloss', do romance *Cândido*, de Voltaire, reconhecido por ser exageradamente otimista.
Pejavam – estar cheio; pesado devido ao excesso de objetos.
Pejo – pudor.
Perras – emperradas, enferrujadas.
Piongo – melancólico; macambúzio.
Picuá – saco ou sacola onde se guarda mantimentos.
Prestidigitação – uso de técnicas de ilusionismo.

Prognatismo - desarmonia facial envolvendo ossos, dentes e músculos, e se caracteriza pelo excesso de crescimento da parte inferior da boca, em relação à maxila, localizada na arcada superior.

Prognato - diz-se de quem tem prognatismo.

Prosápia - vaidade, orgulho.

Puchkine - refere-se ao poeta russo Alexandre Pushkin (1799-1837).

Quod natura dat, Salmantica non præstat - provérbio latino "*o que a natureza não dá, Salamanca não pode fornecer*".

Ramerrão - fastio, monotonia, rotina.

Reimosa - em jargão popular, coisa (principalmente alimento) que faz mal; carregado.

Remoque - insinuação maliciosa.

Rés-do-chão - mesmo que andar térreo.

Saibo - sabor ou gosto desagradável.

Sevícia - tortura.

Sorna - preguiçosa (o); lerdeza.

Sub-reptício - algo obtido por meio fraudulento; dissimulação.

Terrateniente - proprietário de terras; fazendeiro.

Tisna - substância utilizada para enegrecer; no contexto da obra, mesmo que escurecido, de cor preta.

Títere - governante que representa interesses políticos mais poderosos; fantoche.

Trânsfuga - mesmo que desertor.

Verrumar - provocar inquietação.